共和国故事

铸造京门
——北京西客站工程胜利竣工

张学亮 编写

吉林出版集团股份有限公司

图书在版编目（CIP）数据

铸造京门：北京西客站工程胜利竣工/张学亮编. ——长春：吉林出版集团股份有限公司，2009.12

（共和国故事）

ISBN 978-7-5463-1904-9

Ⅰ．①铸… Ⅱ．①张… Ⅲ．①纪实文学 – 中国 – 当代 Ⅳ．①I25

中国版本图书馆 CIP 数据核字（2009）第 237685 号

铸造京门——北京西客站工程胜利竣工

ZHUZAO JINGMEN　　BEIJING XIKEZHAN GONGCHENG SHENGLI JUNGONG

编写　张学亮	
责任编辑　祖航　宋巧玲	
出版发行　吉林出版集团股份有限公司	
印刷　三河市嵩川印刷有限公司	
版次　2010 年 1 月第 1 版	2022 年 1 月第 8 次印刷
开本　710mm×1000mm　1/16	印张　8　字数　69 千
书号　ISBN 978-7-5463-1904-9	定价　29.80 元
社址　吉林省长春市福祉大路 5788 号	
电话　0431–81629968	
电子邮箱　tuzi8818@126.com	
版权所有　翻印必究	
如有印装质量问题，请寄本社退换	

前　　言

自1949年10月1日中华人民共和国成立至今,新中国已走过了60年的风雨历程。历史是一面镜子,我们可以从多视角、多侧面对其进行解读。然而有一点是可以肯定的,那就是,半个多世纪以来,在中国共产党的领导下,中国的政治、经济、军事、外交、文化、教育、科技、社会、民生等领域,都发生了深刻的变化,中国人民站起来了,中华民族已屹立于世界民族之林。

60年是短暂的,但这60年带给中国的却是极不平凡的。60年的神州大地经历了沧桑巨变。从开国大典到60年国庆盛典,从经济战线上的三大战役到经济总量居世界第三位,从对农业、手工业、资本主义工商业的三大改造到社会主义市场经济体制的基本确立,从宜将剩勇追穷寇到建立了强大的国防军,从废除一切不平等条约到独立自主的和平外交政策,从"双百"方针到体制改革后的文化事业欣欣向荣,从扫除文盲到实施科教兴国战略建设新型国家,从翻身解放到实现小康社会,凡此种种,中国人民在每个领域无不留下发展的足迹,写就不朽的诗篇。

60年的时间在历史的长河中可谓沧海一粟。其间究竟发生了些什么,怎样发生的,过程怎样,结果如何,却非人人都清楚知道的。对此,亲身经历者或可鲜活如昨,但对后来者来说却可能只是一个概念，对某段历史的记忆影像或不存在，或是模糊的。基于此，为了让年轻人，特别是青少年永远铭记共和国这段不朽的历史，我们推出了这套《共和国故事》。

《共和国故事》虽为故事，但却与戏说无关，我们不过是想借助通俗、富于感染力的文字记录这段历史。在丛书的谋篇布局上，我们尽量选取各个时代具有代表性或深具普遍意义的若干事件加以叙述，使其能反映共和国发展的全景和脉络。为了使题目的设置不至于因大而空，我们着眼于每一重大历史事件的缘起、过程、结局、时间、地点、人物等，抓住点滴和些许小事，力求通透。

历史是复杂的，事态的发展因素也是多方面的。由于叙述者的视角、文化构成不同，对事件的认知或有不足，但这不会影响我们对整个历史事件的判断和思考，至于它能否清晰地表达出我们编辑这套书的本意，那只能交给读者去评判了。

这套丛书可谓是一部书写红色记忆的读物，它对于了解共和国的历史、中国共产党的英明领导和中国人民的伟大实践都是不可或缺的。同时，这套丛书又是一套普及性读物，既针对重点阅读人群，也适宜在全民中推广。相信它必将在我国开展的全民阅读活动中发挥大的作用，成为装备中小学图书馆、农家书屋、社区书屋、机关及企事业单位职工图书室、连队图书室等的重点选择对象。

编　者
2010 年 1 月

目录

一、决策规划

北京市汇报铁路情况/002

中央建议修建西客站/008

成立西客站建设指挥部/016

二、勘测设计

勘测设计西客站站址/020

设计确定西客站主站房/027

设计西客站地铁工程/035

设计整个市政配套设施/041

设计通信配套工程/050

三、施工建设

开工建设西客站主站房/062

掀起南站房建设高潮/075

建设西客站地铁工程/087

建设西客站市政工程/095

建设西客站西长铁路线/104

建设西客站供热厂工程/110

建设西客站电气化工程/115

一、决策规划

- 随着改革开放的不断深化,铁路运量与运营能力的矛盾就日益尖锐起来。

- 中共中央提出:"铁路建设仍将是90年代综合运输网建设的重点,今后以铁路为运输骨干的局面不会改变。"

- 江泽民指出:"西客站要在保证质量的基础上加快建设,鼓舞人们更加充满信心建设社会主义。"

北京市汇报铁路情况

1949年10月1日，毛泽东在天安门城楼上宣告中华人民共和国成立。

当时，全国各行各业正处在百废待兴之际。刚从战争的硝烟中走出来的中国人民，在中国共产党带领下，开始了大规模的经济建设。

在铁路交通方面，刚刚解放的北京，只有京山、京汉、京包三条干线和市郊几条铁路散线，而且设备极其简陋，布局也不合理。

面对这种情况，周恩来在中央工作会议上提出：

要想恢复经济，首先要恢复铁路。

1952年，中共中央为了适应铁路建设的需要，将原中央军委铁道部更名为中央铁道部，滕代远担任第一任部长。

1953年1月，在原平津铁路管理局的基础上，正式组建了北京铁路局，揭开了铁路建设史上的新篇章。

北京前门火车站始建于清朝末年，站舍仅有7000平方米，而且其中候车面积只有1500平方米。

清朝末年，在北京还修建了西直门火车站。

1959年，全国工农业形势随着第一个五年计划的提前完成越来越好，人民生活水平得到大幅度提高，各行各业发生了日新月异的可喜变化。

此时，北京建成了丰沙铁路和京承铁路，工矿企业如雨后春笋一般在全国迅速兴起。

但是，随着形势的发展，铁路运输的任务也越来越繁重了。前门站和西直门站已经力不从心，迫切需要在北京建设新的铁路客运站和规划北京铁路枢纽。

早在1956年，铁道部第三勘测设计院编制了北京铁路枢纽总布置图，并组织了鉴定。

同年，永定门车站建成，作为拆除前门站、新建北京站的过渡站。

1959年秋，新建成的北京站在北京东南门落成，它作为首都十大建筑之一，建筑面积有5万多平方米，候车大厅可以容纳1.4万人。

当时，巍然屹立的北京站，由于新技术、新装备、新材料的大量应用，成为世界一流的车站。

周恩来在审查北京铁路规划方案的时候，随着北京站的落成，更加肯定了在北京需要修建一座西客站的建议。

与此同时，北京市也在总体规划中，为北京西站预留了土地。

1960年9月，铁道部批准了修改的北京铁路枢纽总布置图。

在总布置图中，北京站以及北京西站为枢纽主要客运站，两站之间可以有地下直线线路连接。同时，规划中确定，永定门站和西直门站以及丰台站等为枢纽的辅助客运站。

至此，北京西站已经确立了它在北京铁路枢纽总布置图中的位置。

1974年1月，铁道部第三勘测设计院编制了《北京枢纽北京西客站及东西直径线方案研究报告》。

"报告"中，将北京站及北京西站作为北京铁路枢纽的主要客运站，站型为通过式，两站之间以东西直线线路连接，线路为两线。

1975年，万里出任铁道部部长，他立即对北京西站规划和建设问题组织研究。

20世纪六七十年代，中国经济发展缓慢，但全国的铁路建设还是有了一些很重要的发展。

1971年至1979年，先后建成了京原线、京通线，并先后建成了东南、东北、西北环线，北京的对外铁路干线已经从解放前的3条发展到8条，逐步形成了大型的铁路枢纽。

同时，北京地区的客运量也在急速地发展。到1981年，北京站开行数已经接近80对的设计能力，北京老车站面临着新的考验。

进入80年代以后，北京站已经处在超负荷运转状态。因此，北京市向中央报告说：

北京站主要表现了5个方面的紧张：

1. 发线紧张。设计能力为80对，已经开始启用74对，有23列列车在站内立折，因此不得不采取转线或拉到交接线暂时腾线等非常措施。

2. 库线紧张，入库车51列，需占用库线22股，但只有20股。为解决客车整备，不得不从存车线中挤出两股，以致存车线只剩下7股，正常情况下应该存车200辆，这样就只能存车140辆。

3. 咽喉紧张，每天通过咽喉作业量300次，平均作业间隔只有4.2分钟，密集时一小时，到开列车、车库取送、本务机出入库共占咽喉21次，平均作业间隔只有2.5分钟。

4. 行包装卸紧张。1981年，每天办理行包约2.2万件，多的时候达到2.8万件。如果按74对开行后，最高办理能力应该达到3万件，但由于行包库房到发线能力不足，只能办理2万多件。

5. 出入站口通道紧张，由于阶段内列车密集发到，通道十分拥挤，八九千人同时出站，导致秩序混乱。另外，卖站台票，平时每天一万张，节假日达三四万张，春节时最多达5万张，这样更加剧了出入站通道的紧张状态。

另外，由于某种原因，造成列车晚点，综合能力紧张，列车接不进来，经常只好在黄村、良乡、黄土岗、丰台等站等候进站，从而打乱了正常运行秩序。

同时，铁道部门也了解到，永定门站能力利用率达到92.3%，能力为26对，现开24对。到发线、库线、机车整备能力都已经处于透支状态。

而永定门车站的候车条件比北京站更恶劣，1956年修建的简易过渡设施，房屋简陋，面积窄小，终年大部分旅客是在广场候车。就连一座天桥也终日被上下旅客对流挤占，对旅客人身安全造成威胁。

西直门车站情况也类似。

铁道部了解到，从能力利用率来看，世界上发达国家一般在达到75%的时候，就要考虑增加新的运营能力。而我国是按达80%，预留20%的储备量。

而当时利用率已经达到90%以上，这就不可能做得均衡，而且必须有20%以上的波动系数。

当时，由于客运设备能力十分紧张，乘车条件也日趋恶化。

随着改革开放的不断深化，铁路运量与运营能力的矛盾就日益尖锐起来。

北京站的旅客接待能力已经显得远远落后了，车站挤、乱、脏、差现象日益严重，直接影响到了首都的形象。

有人曾经感叹说：

> 北京老了，北京站累了！

1981年10月3日，北京市鉴于这种紧迫的状况，向中央汇报了铁路情况：

> 北京铁路枢纽的紧张状况，影响了北京乃至全国经济的发展，不开辟新站就没有出路。

中央建议修建西客站

1981年10月,国务院副总理万里听取了北京市关于铁路的汇报情况,心情十分激动。

万里曾经担任过北京市副市长、铁道部部长,主持过多次规划北京西站的专门会议,他对我国的铁路建设始终报以极大的关注和关怀。

同时出席汇报会议的,还有国务院副总理姚依林、铁道部部长刘建章以及北京市市长焦若愚和北京市委书记段君毅,另外还有国家计委、经委等部门的有关领导。

会议上,万里同其他与会领导都同意尽快上北京西站项目。

10月28日,北京铁路局上报北京市政府和铁道部,请求尽快建设西站。

北京市有关领导对此给予高度重视,要求规划局尽快整理出正式图纸上报市政府。

12月18日,北京市规划局向赵鹏飞汇报了西站方案,原则确定站址在羊坊店路。

会后,规划局领导分别向焦若愚和段君毅作了汇报,他们同意羊坊店方案。

1982年2月11日,铁道部副部长邓存伦主持研究了北京铁路建设问题,北京市有关委、办、局领导参加了铁路建设会议。

会议重点讨论了铁道部和北京市铁路文件上报问题及市政、道路、广场、商业投资和成立建设指挥部等问题。

2月18日，铁道部与北京市政府联合上报国务院，请示修建北京西站。

5月20日，国家计委上报国务院同意铁道部和北京市政府在进行可行性研究和多方面比较的基础上，编报"北京西客站的设计任务书"。

11月4日，北京市政府和铁道部上报了"北京西客站设计任务书"。

1983年3月8日，国家计委转发了经国务院批准的《关于北京西客站设计任务书审查意见的报告》，决定兴建北京西站。

6月4日，北京市规划局向韩伯平、张百发副市长和市计委、建委等领导汇报西站的站址比较方案以及推荐方案的详细位置。

会上，再次确定了羊坊店路方案。

7月7日，北京市建委苏兆林、宣祥鎏主持召开西站方案会议。这次会议由铁道部计划局、北京铁路局和北京市有关局领导参加。

会上宣布：

市政府已经审定西站采用正对羊坊店路方

案，各方面要按此尽快开展工作。

会上并成立了规划设计小组。至此，北京西站的具体位置确定下来了。

7月21日，邓存伦邀请韩伯平、张百发、宣祥鎏研究北京西站的具体问题，北京铁路局郝慎铭副局长和市规划局领导参加。

会议原则确定：

西站大楼要建综合性大楼；地铁要同步修建；穿越车站广场的道路做隧道；客货站节约用地。

西站建设领导小组组长：邓存伦

副组长：张百发

1983年7月到12月底，西站规划小组召开多次会议，主要协调地铁、隧道、河道、道路、绿化、公共交通、建筑等各方面的问题。

1984年4月10日至5月1日，铁道部组团赴日本考察客运站建设。考察团回国后，提出了11条建议，邓存伦和韩伯平听取了汇报。

到1985年2月，铁道部、北京市又多次召开会议，对建设投资等问题进行了研究。

1985年5月2日，铁道部和北京市经过前期大量准备，发文以《关于重新报送北京西客站设计任务书的报告》上报国家计委。

但是，由于当时的经济拮据，北京西站一时还是难以安排。

从1981年以后的7年间，北京的客运量又比1981年翻了一番，北京铁路枢纽的运营能力已经达到超饱和状态。

北京铁路局、北京铁路分局想尽了一切办法，采取了扩大列车编组、增建北京站候车天桥、延长站台、硬拼现有设备和非常态加开列车等措施。

但是，即使这样也仅扩大运能不到30%，而70%全靠列车严重超员。

另外，再加上运营设备严重老化和不足，造成了车站候车室、大厅、广场及站前服务场所旅客拥挤、秩序混乱。

1989年，北京市政府和铁道部认识到：修建北京西客站已经是刻不容缓了！

3月10日，根据丁关根和北京市领导的指示，国家计委工业综合一司李端绅主持会议，研究北京西站建设问题。

北京市计委副主任曹学坤、崔凤霞，铁道部沈之介，北京铁路局傅宗良，以及国家计划委员会工业综合一司、长期规划司、重点建设协调监督司，中国国际工程咨询公司，铁道部第三勘测设计院，首都规划委员会等有关领导也参加了这次会议。

李端绅传达了有关领导的批示，并对这次会议作了说明，与会人员对北京西站建设展开了热烈讨论。

最后，大家一致认为：

> 当前北京地区客运能力呈现极度紧张的局面，与首都人民的物质文化需要极不适应，现在国家着手研究北京西站的建设问题是非常必要的。

北京市政府为了做好前期工作，牵头成立北京西客站前期工作小组。曹学坤担任组长，副组长由铁道部计统局副局长周大文担任。

同时决定：

> 领导小组成员由国家计委、北京市、铁道部有关领导参加。

前期工作小组立即投入了紧张的准备工作，他们召集了全国具备雄厚设计力量的多家单位，就西站建筑群举行设计竞赛，经过初赛、复赛到决赛，各个设计单位都拿出了设计模型。

1990年3月，前期工作小组编报了《北京西客站计划任务书》。

4月，中国国际工程咨询公司对北京西站核实调整方案进行评估。

9月30日，北京市、铁道部、邮电部根据党中央和国务院有关领导的指示精神，联合再次向国家计委提报了《关于报送北京西客站修改设计任务书的根据》，提出投资20亿元的计划，1991年开工，1993年开通使用，1994年底全部竣工投产。

当时，党中央已经认识到：

> 发展经济，首先要发展基础产业，铁路是重中之重。

这在全国上下逐渐达成了共识。

《人民日报》发表的一篇文章中说：

> 确已到了用当年搞原子弹、氢弹的劲头来搞铁路建设的紧迫关头。

在20世纪80年代，中国曾经发生了一个关于中国铁路建设的争论。

有人认为：

> 中国以铁路为骨干的交通运输结构应予调整，1000公里以外的客运，应该由民航承担；

400公里以内的客货运输，应由公路承担；沿水系无需修铁路，沿海航运则应成为南北运输大动脉。

而另一些专家则坚持认为：

铁路是国民经济的大动脉。要重点扶持，优先发展。

专家们指出：

以民航、公路和水运为骨干的交通运输结构，是一种超越中国国情的非现实理想，只有铁路运输才是中国现阶段全方位、全功能、全天候的运输方式。

中国铁路需要有一个历史性的大发展。

1990年，中共中央在关于"八五"计划的建设中，明确提出：

铁路建设仍将是90年代综合运输网建设的重点，今后以铁路为运输骨干的局面不会改变。

1991年4月9日，京九铁路作为要加快建设的"新的南北干线"，列入了《中华人民共和国国民经济和社会发展十年规划和第八个五年计划》，而京九铁路的"龙头"，正在北京西站。

"决战京九、兰新，速胜侯月、宝中，再取华东、西南，完善配套大秦"，中国铁路已经形成了大干快上的决战态势。

由此，北京西站工程建设真正被提上了日程。

成立西客站建设指挥部

1991年11月26日,北京市政府、铁道部联合发文,北京西客站工程建设领导小组成立,第一副组长由铁道部部长李森茂担任,北京市副市长张百发、铁道部副部长孙永福任副组长。

12月2日,北京西客站工程建设总指挥部在北京人民大会堂西侧石碑胡同4号院宣告成立。

会议宣布:张百发任总指挥,孙永福任第一副总指挥。

12月27日,全国人大常委会委员长万里、国务院副总理邹家华、全国政协原副主席吕正操在人民大会堂听取了关于北京西站规划设计方案的汇报。

会议指出:

> 北京西客站是首都的大门,应当建成第一流的客站,功能要齐全,开工条件具备后,要集中力量打歼灭战,尽快建成。

张百发、铁道部副部长屠由瑞汇报。建设部部长侯捷、北京铁路局局长国林、北京铁路局副局长冯振九等也参加了汇报会。

12月29日，江泽民在人民大会堂听取并审查了北京西站工程规划、设计方案。

江泽民观看了模型，他指出：

西客站要在保证质量的基础上加快建设，鼓舞人们更加充满信心建设社会主义。

江泽民说：

西站的建设，从动员搬迁到建成、管理，工作复杂，任务繁重，工程要做好前期准备。接近完成时，管理工作要跟上。西客站的建设要根据实际需要，并从长远考虑，留有余地。电子设施要完备，工程要在保证质量的基础上，加快速度。

邹家华提出要求：

西客站的建设要从多方面方便旅客。

侯捷等也谈了意见。
张百发和屠由瑞还汇报了筹建情况。
1992年7月20日，北京西站工程建设领导小组举行第一次会议。

第一副组长李森茂，副组长孙永福和领导小组成员刘平源、李端绅、国林等人，以及铁道部有关司局，北京市建委，北京铁路局的王宗礼、冯振九、沈吕英、顾培尚、朱国建等参加了会议。

会议决定：

  同意北京西客站工程建设总指挥部关于北京西站建设总体施工部署意见，即1992年准备，1993年全面开工，施工期为两年半时间，1995年下半年开始调试，年底投入运营。

  当前关键性的起步工程，今年内必须开工建设，同时，要做好一切准备，为明年全面开工创造必要条件。争取在1993年1月举行正式开工仪式。

二、勘测设计

- 专家们一致认为：铁三院推荐的莲花池方案是正确的。直径线问题应配合城市建设要求，先修建有影响的地段，其他部分预留位置。

- 大家经过艰苦努力，克服种种困难，已经基本完成了南、北站房的设计任务，使设计工作走在前边，基本满足了施工需要。

- 杨继平说："领导信任我们，给了我们成才的机会。我们在庆幸的同时，也深感自己责任重大，我们一定要迎着困难上。"

勘测设计西客站站址

中华人民共和国建立后，铁道部第三勘测设计院一直作为北京铁路枢纽的总体设计单位，在西站的规划中，历经五任总体工程师的潜心研究，辛勤耕耘，勘测设计人员三进三出，精心设计，为国家制定修建西站的决策，提供了充分的依据。

周恩来等老一辈革命家十分重视北京铁路枢纽的发展，曾经多次听取北京枢纽的总体规划和各项具体方案的汇报。

1960年，铁三院工程技术人员根据北京铁路运输发展的前景，编写了北京铁路枢纽规划方案报告，在报告中明确了北京西站、北京站是北京的主要客运站，对设计能力提出了较高的指数，连接北京站和北京西站的地下直径线为四线方案，西站的站址正对公主坟。

1973年，铁三院根据北京经济建设的需要，又对地下直径线方案作了补充报告，确定了前三门方案，将四线改为二线，进一步明确了修建直径线的必要性，为预留直径明挖的施工条件，建议新华图片社后退几十米。

1975年，第四届全国人大胜利召开。万里首先意识到：经济要发展，铁路要先行。他亲自组织了有关部门进行北京西站的规划研究。

随即，铁三院首次进驻莲花池进行西站勘察设计工作。

1984年，铁三院编制了西站初步设计，提出了站址选择方案。

在初步设计中，铁三院提出了三个站址方案：一是站中心正对羊坊店路，站台西端距站中心180米；二是站中心正对北蜂窝路；三是站中心正对翠微路。

同时，确定京广铁路引入正线为长阳村接轨。

1985年，国家对西站初步设计进行了审查。

1987年12月，铁三院重新编报了西站方案研究报告。引入正线、站址、车站规模与1985年的方案相同，地下直径线仍为双线方案。

1989年3月10日，北京西站前期工作小组成立，铁三院副总工程师孙荣超为组员。

人们常说："铁路要大干，设计院先流汗。"铁三院以超前的意识做了大量的超前工作，成为西站工程的开路先锋。

按照设计工作程序，先要进行初测、勘探，然后根据外界的资料进行方案比选、初步设计，最后才能进行施工图设计。

但是，西站工程建设工期已经卡死了，常规的勘测设计步骤已经不能适应西站的建设。

指挥部要求铁三院在西站开工前，就要拿出部分设计文件。

院党委书记王明才、院长张光禄作了动员讲话，号召全院干部职工拿出战"大秦"、夺"京九"的精神，迎难而上，打破常规，早出图、快出图、出好图，用血和汗筑起通往21世纪的里程碑，为再造京门作贡献。

院领导成员更是在日夜冥思苦想。党政联席会上，多次就西站设计工作热烈争论、审慎决策。

职工在加班，必定有领导在值班。

分管西站设计的孙副总，以及几位具体设计组织者葛总师、阚总师等人，在设计工作的日日夜夜里，他们奔波劳碌，乐此不疲。

大家以宝贵的经验和高超的技艺，更以他们高度负责的精神，既指挥生产，又身体力行，周密协调，严把质量关，使整个西站的设计文件都达到了较高的质量，受到施工单位的好评。

一线在大干，后勤要保证。为保证西站设计的需要，后勤部门也发扬了大干精神，制定了10条措施，确保一线会战的进行。

物资部门把所需物资送货上门，幼儿园开办了整托，印刷厂为保证文件印刷夜以继日地干。

1990年7月，铁道部召开了为期4天的西站工程建设论证会，论证了站址、引入正线、直径线等问题。

这也是最后一次论证会，屠由瑞讲话后，计划司、建设司、北京规划院等单位的专家相继发言。会场的气氛很热烈。

代表铁三院出席会议的教授级高级工程师、副院长庚镇戬陈述了修建北京西站方案的意见。

庚镇戬说：

北京枢纽现有3个客运站，北京站、北京南站、北京北站。目前3个站输送旅客的能力均已饱和，预计2000年输送旅客将增加到1.1亿人次。改扩建既有3站以扩大运能是不可能的，必须修建新的大能力的客运车站。

在充分利用既有条件下，新的西站设计近期可承担60对始发列车，远期可承担90对始发列车。

另外，西站位于市区西部，西三环路以东，距市中心6.7公里，距东西长安街交通干线一公里，城市交通、商业服务便捷，便于旅客换乘。通过地下直径线和北京站连通，还可以增加车站接发能力和旅客输送的机动性。

而且，该站用地北京市规划局早已预留多年，符合城市规划要求。

庚镇戬的一席话受到与会人员的赞许。专家们经过深入分析后一致认为：

铁三院推荐的莲花池方案是正确的。直径

线问题应配合城市建设要求，先修建有影响的地段，其他部分预留位置。

1992年初，铁三院十四队便接受了南京至扬州公路的勘测任务。队长王志勇带着队伍刚到宁扬公路工地不久，一封加急电报调他们进驻北京西站工地。

王志勇对全队职工说："西站测量任务，是一个难打的硬仗。时间紧、任务重、难度大。要在一个半月的时间内搞完100公里的线路、站区和直径线测量，而且民房、车辆、障碍物干扰严重。这次回到京津地区，本应让大家和亲人团聚一下，但任务急，不允许我们这样做。我们要发扬自我牺牲的精神，全力干好北京西站！"

胥丙香是刚参加工作的姑娘，她是第一次出远门。当北去的列车路过故乡的时候，胥丙香在心里说："妈，干完西站测量任务再回家看望您老人家！"

天津市劳动模范、工人郭宝刚深知西站测量任务艰巨，他为了早日啃下这块硬骨头，带头爬山涉水，清除障碍，高质量地提前完成了任务。

但为了西站的测量，郭宝刚耽误了女儿的病，女儿由于没有得到及时治疗，影响了一年的学业。

年轻的技术人员王稳担任了北京西站测量任务的技术队长。当时，王稳的爱人正值临产。为了给后续工作做好准备，王稳丢下家人来到生产第一线，白天和大家一道出工，晚上继续研究修改方案，常常工作到深夜。

有时，王稳为了寻找一个更加合理的方案，他都要干上一个通宵。伙伴们都说他："王工就像是一位和时间赛跑的运动员。"

有人劝王稳："你父母在北京，抽点时间去看一看，也要尽一点孝心嘛。"

王稳听了回答说："眼下西站工作这样忙，顾不了这么多了。"他竟然三过家门而不入。

青年工程师朱哲驯自会战以来，全身心地投入到工作中去，在1000多个日日夜夜里，他加班加点已经无法计算了。

朱哲驯对工作一贯认真负责，对技术精益求精。经他之手设计的文件，效率高，质量好，被誉为信得过的"免验"文件。

王汉英是一位身经百战的老工程技术人员，他经常对自己说的一句话是："还能找到更好的设计方案吗？"

为了将桥梁设计与古都风貌、时代精神融为一体，王汉英积极配合铁路工程总公司和铁三院精心组织桥式方案竞赛。

王汉英经过集思广益和反复比选，终于筛选出一批好的桥式方案。

王汉英根据多年的设计经验，将框构改为钢架结构，去掉底板，扩大基础，节省了大量钢材和混凝土，同时也保持了原设计的特点。

王汉英还积极推行超低高度预应力梁、混凝土连续梁等新的结构方案，这些方案得到了一致好评。

在西站大会战的日子里，人们经常看到王汉英会突然脸色煞白，身子倾向一侧，一只手捂着胃部，一只手拿着笔，眼睛仍然盯在设计图纸上。

大家知道，这是王汉英的胃病又犯了，大夫曾不止一次地叮嘱他定期检查，但王汉英总是说："现在是会战时期，同志们每天都加班加点，连星期天都不能休息，我这点病算得了什么。"

有一次，铁路医院转来一张复查通知书，可王汉英为了按时交出施工文件，他竟然将通知书一直揣在自己的怀里。

铁三院工程设计人员在西站设计中表现出来的特有的事业心、责任心和精湛技术，伴随着他们妙笔巧绘新京门的丰功伟绩，将和其他各路参战大军的业绩一起，永远铭刻在这历史丰碑之上！

设计确定西客站主站房

1992年7月22日，北京市建筑设计院召开了西站建筑设计动员大会，把全院各方面力量调动起来，要打好这场大战役。

1949年10月1日，在举行开国大典的天安门广场，当时的"永茂建筑事务所"就是北京市建筑设计院的前身。

40多年来，他们设计了人民大会堂、民族文化宫、历史博物馆等8项建筑，成为那个时代的代表。尤其是第十一届亚运会使用的国家奥林匹克体育中心和亚运村等建筑，被誉为京华新中国建筑史上的丰碑。

1992年，全院上下都为确保"西站1992年十一前完成初步设计，1993年初开工"积极行动了起来。

后勤部门积极进行现场设计抢进度的物质保障工作，为设计人员创造工作条件，安排住宿、用车等事宜。

在北京的盛夏季节里，医务室送医送药到现场。

文具库把最好的绘图用具送往现场。

技术供应所承担大量晒图任务，他们取送图纸服务到现场。

计划管理人员积极做好院内外的协调工作。

1994年10月，当西站工程进入倒计时阶段，北京市建筑设计研究院再次召开动员大会，首都规划委办公室赵知敬主任、西站总指挥部规划设计部领导和院领导都进行了动员。

当时，大家经过艰苦努力，克服种种困难，已经基本完成了南、北站房的设计任务，使设计工作走在前边，基本满足了施工需要。

第一设计所主要承担了西站的具体设计工作。这个所有200多人，专业齐全，技术力量雄厚，领导力量强，管理严格，多年来完成任务量在全院一直名列前茅。

所长陆世昌和教授级高级建筑师朱嘉禄带领两名青年建筑师作为工程设计主持人，组成了一个50人的设计班子。

第一设计所为了确保西站这个国家级重点项目设计任务的圆满完成，认真制定了措施：

1. 树立全所一盘棋思想，加强集中领导和统一协调，人人都要力争为西站的设计作贡献。

2. 确保设计质量，加强质量意识教育，严格"三审制"，严把质量关。

3. 落实岗位责任制，进一步打破大锅饭，指标落实到人，分配兑现，奖罚分明。

4. 扶持青年，上岗锻炼，加快成长。

5. 进一步解放思想，深化改革，加强班组建设，充分发挥共产党员的先锋模范作用，从各方面提供保证。

6. 大力普及计算机应用，精简图纸，以提高设计质量和效率。

7. 发扬民主，集思广益，人人献计献策，打团体赛。

第一设计所主任建筑师朱嘉禄随西站工程建设考察团，到欧洲考察一些发达国家的铁路交通枢纽。

朱嘉禄20世纪60年代毕业于清华大学，他是西站总图及主站房综合楼设计主持人和实施方案的主设计。

朱嘉禄曾经成功地创作过多项建筑方案，备受专家们的赞赏和各方面好评。

但是，朱嘉禄作为西站这个国家级重点项目的设计主持人，他仍然感到很有压力。他说："西站作为20世纪我国建设的最后也是最大的铁路交通枢纽，当代需要它必须满足高速、高效、安全、便利等诸多要求。成功与否关键在效率，高效率在于合理地安排'捷径'。"

朱嘉禄常常和同事们长时间切磋探讨每个局部设计的最佳方案。

有一次，朱嘉禄整整工作了一天，然后又加班到晚上10时，直到保安人员要锁大门了，他才不情愿地走出办公室。

夜已经很深了，周围看不到一个人，朱嘉禄一直低头走着，脑子里还在想着图纸中的问题，结果一不小心撞在了电线杆上。

不料，这一撞却撞出了灵感，他一下子想出了解决图纸上问题的好方法。

朱嘉禄虚心接受了曾经设计过人民大会堂、民族文化宫、友谊宾馆等20世纪50年代代表作的老专家张博的指导，并借鉴西方设计上的一些现代意识和做法。他一直把我国人口多底子薄，经济必须腾飞牢牢地记在心里，将其化作工作中的动力，促使自己去尽心尽力地设计。

朱嘉禄说："1983年至1984年就曾给西站做过方案。1990年至1991年又和兄弟设计院同时做了4轮。最后这项艰巨而光荣的设计任务落在我们肩上。只有尽心尽力把它设计好，为首都面貌增添光彩，为社会主义现代化建设作出贡献，才不辜负各级领导和首都人民的殷切期望。"

北京市建筑设计院为了拿出好作品，他们一次次修改，一次次设计，分别于1990年11月和1991年5月、7月、8月先后进行了4轮方案创作。

其中包括北京市建筑设计院几位大师在内的专家、总工们都参与了指导和讨论，先后报送8个方案，直到1991年8月，市长办公会审定后，于9月报送国务院审批。

在江泽民、万里、邹家华等党和国家领导人的关注和支持下，很快就审定批准了西站的设计方案。

1992年7月，正是北京炎热的季节，西站总指挥部召开动员大会，提出：

　　　　有关北京西站的工程项目市里开绿灯，工程建设的各项准备工作雷厉风行，能往前赶的往前赶。

　　　　总图及南北主站房的初步设计必须在"十一"前完成，并拿出工程概算，四季度进入技术设计，年底完成站区形式的部分施工图。

　　为了免于干扰，集中设计，便于协调，随时沟通，北京建筑设计院与铁三院等单位40多名设计人员先后两次分别在北京工艺美术馆和城建档案馆进行联合现场设计。

　　当时的条件相当艰苦，特别是城建档案馆，由一间图书阅览室改成绘图室，40多张图桌挤在里面，汗水常顺着胳膊流到图纸上。

　　设计者们都清楚：设计工作是龙头，必须先行，图纸出不来，工地不能开工，不仅贻误工程进度，也会造成大量资金的浪费。

　　大家在保证质量的前提下，夜以继日地赶绘图纸，仅两个多月时间，就完成了400多张图纸和230余页说明书。

　　当时，北京建筑设计院第一设计所的技术精英几乎都集中到西站，一切工程都为西站让路。

所长陆世昌说:"要体现我们对国家的贡献!"

李承德主持主站房地面以上部分和南站房的地上地下建筑设计工作。

1982年,李承德从浙江调到北京市建筑设计院的时候,还只是一个技术员。10年间,他凭着勤奋好学的精神和过硬的技术本领,主持设计了北京兆龙饭店、北京方庄小区、海关业务大楼等15项工程,先后被破格晋升为建筑师、高级建筑师。

在初步设计期间,李承德为了吸取发达国家同类建筑的经验,与陆世昌、朱嘉禄等有关专家到英、法、德三国考察,同时在设计中,他还经常参阅国外原版资料。

李承德认为:

> 西站应具有科学性、先进性和超前性。在高度发达的现代化国家,车站并不是作为独立的建筑存在,而是与城市融为一体,像人的血脉一样,畅通无阻。
>
> 根据我国的国情,西站设计体现了这一要点,主站房巨大的空透钢网架玻璃雨棚和大厅棚作为车站的主要活动空间,展现出现代化建筑发展的广阔前景,是城市和广场的延续效果。

李承德有个10岁的儿子,当时正在北京第八中学少年班上中学。

一天，李承德的儿子不慎右脚骨折，他把孩子送进医院后，急匆匆地赶回了设计院画图，下班后又赶到医院看望。

平时，李承德总是清早骑车先送孩子上学，然后赶到设计现场，而且他往往是第一个到的人。

李承德由于一天到晚趴在图桌上连续10多个小时画图，他的腰肌劳损病两次复发。一次正值春节，他的病又犯了，李承德原准备利用几天假期回浙江老家探亲的愿望又不能实现了，托人买好的火车票只好退掉了。春节一过，他弓着腰又来上班。

一所主管西站工程的副所长张青说："看到李工这个样子，真想让他再休息几天，可是工地在等图，施工不能停下来，他的病假条现在还在我这儿放着呢。我们也真够'狠心'的了。"

张芝兰老工程师刚做完心脏二尖瓣扩张手术，休养一个月后，她又开始做方案了。

所长关心地问张芝兰："身体能撑得住吗？"

张芝兰却说："我要拿出当年参加设计国庆十大工程的精神和干劲来，进行第二次拼搏。"

年轻的工程师杨海，父母千里迢迢从外地来北京看望他，但杨海却拿不出一天的时间陪伴他们。

1993年7月，总指挥部召开会议，张百发亲临会议指示：西站内装修由市建院做，里里外外都要由自己做。

陆世昌接受了任务。领导班子反复研究作出决定：

不仅要做，而且要做好。

会议决定，由李承德负责装修施工图部分。

年轻的文跃光和他的妻子章阳都是设计师，他们共同承担起这座宏大建筑的一部分，他们是西站设计组中唯一的一对夫妻。

文跃光的儿子1990年刚刚出生，一开始他们夫妻商量好，中午晚上两个人轮流加班，保证有一个人照顾孩子。可是在设计任务最紧张的时候，他们必须同时加班，孩子不得不送到郊区的外婆家，只能隔两个月去看一次孩子。

章阳说："就这样摸爬滚打熬过出图最艰难的时期……我们的儿子几乎是和西站一起长大的，现在，他俨然是个内行人，胳膊肘夹上一张纸，说我对图去了……"

在设计现场，活跃着一支以高级工程师王淑梅为首的建筑经济工程师队伍，他们负责进行工程概预算工作。

1993年，随着工程的进度，王淑梅等人开始配合总图进行配套工程的初步概算编制工作。

1994年进入南、北站房综合楼装修设计及古建设计的概算编制。1995年初，开始配合站前广场及总图设计，补充编制概算。

王淑梅站在英姿初现的西站前面，她兴奋地说："几年来，我们付出了劳动，也得到了锻炼，西站，值得我们自豪！"

设计西客站地铁工程

1991年12月5日,北京市城建设计研究院接受了西站预埋地铁工程设计的任务,这是有着极其重大意义的市重点工程之一。

北京市城建设计研究院是1958年为修建北京地下铁道而组建的。

1965年2月4日,毛泽东为修建北京地下铁道作了亲笔批示:

> 精心设计、精心施工,在建设过程中一定会有不少错误失败,随时注意改正。

10年后,当北京第一条长20多公里、有17座车站的地铁运行在北京地层深处的时候,首都人们都不会忘记这一批先行者的卓越贡献。

中国地铁设计第一任总工程师谢仁德,1936年底毕业于浙江之江大学土木工程系。他仅用3个月就拿出了施工图纸。

谢仁德说:"这辈子我没有别的嗜好,唯独着迷地铁。"

北京市城建设计研究院第二任总工程师施仲衡,于

20世纪50年代第一批被派往苏联研读地铁专业，回国后为地铁建设日夜奔忙，从此与地铁结下了不解之缘。

1991年，北京市城建设计研究院接受西站任务之后，院领导统一了思想，成立了以崔志杰高级工程师为工程负责人的西站预埋地铁工程设计组。

组里的10多名成员，有参加过北京地铁一、二期工程的老工程师，也有中年知识分子，更有第一次参加地铁设计的新手。大家共同的心愿就是把西站地铁工程设计成世界一流水平的现代化地铁。

大家知道，如果说设计是整个工程的灵魂，那么测量就是设计的依据和保证。没有精确的测量数据，就无法保证设计和施工的顺利进行。

于是，北京市城建设计研究院勘察测绘院"青年突击队"率先来到工地上，这些年轻人面对繁复而艰巨的工程，硬是用年轻的肩膀，支撑起这座辉煌的宫殿。

队长杨继平说："领导信任我们，给了我们成才的机会。我们在庆幸的同时，也深感自己责任重大，我们一定要迎着困难上。"

青年们为早日建成西站，他们决定将目前国际上先进的高科技技术用于西站工程。

测量队员们身背几十斤重的接收器，爬上10多层高的楼顶，无论烈日当头，还是雷雨交加，他们全然不顾，聚精会神地观测着，记录着，一站就是几个小时，将一组组接收信号准确无误地记录下来。

大家辛勤的汗水换来了丰硕的成果，定位测量达到了点位误差仅为正负3.9毫米，其方向最大误差仅为2毫米，精密导线闭合仅为正负1.1，相对闭合差达到高精度。

这一测量成果的取得，为高质量地完成西站地铁工程的设计和建设，提供了可靠的保证。

地质队为了给设计和施工提供详细的地质资料和相应的对策和措施，大家三进三出西站工地，勘察西站地质结构，最大限度地满足设计与施工需要。

当时，西站工地工厂还没有拆迁，有村庄、铁路、小河，有的地里还种着蔬菜。

地质队走过隆冬季节的冷雨寒风，走过盛夏时节的骄阳似火、难忍酷热。

青年们在风里雨里、泥里水里，不分昼夜地干，他们不仅经受了春夏秋冬的考验，而且经受了设计和施工单位的考验。

他们详细而准确地勘察了西站地区的地质构造和地层结构，并针对地层结构，提出了10项工程地质评价与工程建议，为设计与施工提供了可靠的地质资料。

崔志杰带着一名年轻人，为了使用高标号外包形钢筋混凝土劲性组合柱这一大胆设想，他们跑了很多搅拌站，得到的回答都是只在试验室里做过，要把它运用在生产上，难度很大，而且施工单位也不同意。

崔志杰仍然坚持自己的观点，他相信科学来不得半点马虎，如果没有经过慎重的研究和考虑，他不会作出这样的选择的。

在设计人员的一再坚持下，大家开始一次又一次的试验。施工单位和设计人员经过一次又一次的失败，经过多次添加剂及配比的试验，他们利用普通砂石料，在不掺硅粉的情况下，研制了大流态的适合泵送高标号高强混凝土，并且大量应用，获得成功，节省了工程的投资。

工程师喻晓是1984年第一批被分配到北京市城建设计研究院结构专业的，在几年的设计生涯中，由于她的努力钻研、虚心好学，已经成为院里不可多得的青年骨干。

1992年，喻晓带着身孕，接受了西站地铁的结构设计任务。她拖着笨重的身体下工地，和其他设计单位的设计人员积极配合，完成了一个又一个设计任务。

给排水专业工程师邹志宏第一次参加地铁设计，她也是带着身孕参加工作的。高工徐娅媛为了培养年轻人，带着她共同参与给排水的设计。

在设计过程中，为了配合施工，邹志宏经常要到工地，她没有因为自己有身孕而不去下工地，而是经常和男同志们一样，加班加点地干。

1992年搞施工设计，1993年7月完成。喻晓和邹志宏的孩子也相继在8月和10月出生。

组里的同事们打趣地说："你们真是两不耽误。"

7月的北京，正是酷暑季节，设计组每天都要在京丰路上来回奔波。

一天，气温高达 38 摄氏度，设计组的厢式车正奔驰在去丰台的路上，高工张春生突然感到身体不适，两眼直冒金星，头晕眼花。

组里的同事们都说："张工一定是中暑了。"

张春生不得不下车步行走到集中点。当时他已经 50 多岁了，为了搞好地铁大厅的空调通风系统的设计，经常是下班后脑子里还在不停地考虑着设计。

张春生不但负责设计，而且还负责具体操作，整个通风系统的方案图都是出自他的手。

张春生却说："这本来就是我们应该做的，我们的出发点就是集中大家的智慧，把方案做好，对国家负责，也是对我们北京市城建设计研究院负责。"

从 1992 年开始搞施工设计起，整个设计组没有吃过院里的一分钱补助。他们不计名利，不计报酬，默默地奉献着。

结构室高级工程师吴庆柠是个机动工程师，哪里需要她，她就在哪里干。

西站地铁设计人手紧缺的时候，抽调吴庆柠去帮忙设计。吴庆柠二话没说，便去加班。

在设计过程中，吴庆柠的腿疼病犯了，但她忍着痛苦，实在忍不住的时候，她就用红外线理疗仪热敷一下腿，然后接着干。

建筑专业负责人牟小明为了西站地铁的设计工作，

婚事一拖再拖，他把晚上当白天一样用。牟小明自己都说时差都倒了。

1992年春节，工地要图十分紧迫，设计组里人手不够，北京市城建设计研究院调集了各专业的设计人员，整个春节集体加班，出色地完成了任务。

1993年，在修建长安街地下通道的时候，崔志杰大胆采用"超浅埋暗挖"，进行大型平顶直墙暗挖施工技术。

施工过程中，崔志杰也是随叫随到。

1992年寒冬的一天，西北风呼呼地刮着，天气格外寒冷。西站地铁工地要崔志杰去解决一个技术难题。

崔志杰二话没说，骑上自行车冒着刺骨的寒风奔向工地。

等崔志杰回到家的时候，已经是傍晚了，这时，他突然感到身上一阵发冷，抽搐，接着就什么也不知道了。

崔志杰的老伴赶忙叫人把他送到医院，高烧40摄氏度，连续一个星期都没退。

施工单位知道了这件事之后，他们都感慨地说："像崔工这种设计人员我们欢迎。"

北京西站预埋地铁工程的设计圆满结束了，设计组的人都发自内心地说："只想着搞完了西站地铁设计，找个地方好好休息一下。"

但他们的梦想都没有实现，因为他们又都投入到各自的工作岗位上去了。

设计整个市政配套设施

1991 年底，北京市市政设计研究院接受了西站市政配套工程的设计任务。

北京市市政设计研究院的设计师都认识到：

> 这是一个历史的机遇，大家要以责无旁贷、无所畏惧、追求卓越的精神，抓住这次"再造京门"的机会，展现北京市市政设计研究院的聪明与才智，使北京西站扬起神威，挥洒出时代的风采。

北京市市政设计研究院建院 40 年来，设计桥梁 1000 余座，道路 4000 多公里，城市道路立交 140 余座，还有许多的地下通道和人行过街天桥。

名扬中外的北京市第九水厂和北京高碑店污水处理厂更使北京市市政设计研究院闻名遐迩。

西站任务下来之后，北京市市政设计研究院和各设计所所长纷纷请战。在北京市市政设计研究院，凡是重点工程都是必争之战。

四所所长张均任 1955 年毕业于北京建筑工程学校，后来上了三年夜大，刚到设计院不久就担任了山区公路设计组的组长。

从 1971 年起，张均任担任道桥设计所领导工作，在 20 世纪 70 年代对城市道路与立交进行了大量的设计和研究，积累了丰富的设计经验和管理经验，并发表过多篇在学术界有影响的论文。

西站任务一下达，张均任以志在必得的精神，多次请战。

院党委认为：西站会战是一场只能成功，不能失败的战斗。为此，必须派一支坚强的队伍，一名坚强的领导者去承担此项任务。

院长曲际水和主管西站工程的副院长陈震，都已经连续几天没有睡好觉了，他们在心中一个个点着手下的战将，对各所的技术力量和当时的工作安排进行反复的权衡。

曲际水、陈震又与党委书记王禹华等院党政领导班子成员们多次研究，大家一致决定：

派张均任去啃这块硬骨头！第四设计所虽然年轻，但四所专业齐全，有一批经验丰富的技术骨干。老同志言传身教，年轻人好学上进。

特别是有一个坚强的所党支部。书记薛淑翠、副书记贾志新、所长张均任等支部一班人团结一致，早已经为迎接西站会战而摩拳擦掌，这种勇往直前的精神力量，正是战胜困难取得胜利的根本保障。

当曲际水正式通知张均任由四所承担西站设计任务的时候，张均任只是微微一笑，似乎这一结果早就在他预料之中一样。

张均任同时在心里计划着下一步的行动。那天晚上，他几乎一夜未眠，睁着双眼，盼望着天快点亮，他迫不及待地要拉开西站市政配套工程设计的序幕。

陆静自1965年毕业以来，一直工作在设计第一线，她曾经参加过不少河道的改造工程设计，积累了丰富的经验。

陆静已经50来岁了，但她看上去依然是那么精神、活泼。她刚在厦门设计出12平方公里小区的排水规划，一天没休就飞回了北京。

接着，陆静就在改河规划方案还没定的情况下，去规划设计院先要来了有关西站的数据。

1991年12月，寒风刺骨，陆静带着本室的龙干、马力两个刚毕业的大学生，白天跑现场，晚上挑灯计算和画图，大家都没有了上下班的概念，也没有了星期天。

他们仅用了3天时间就向总指挥部报出了拆迁图。

元旦，他们没有在家吃团圆饭，春节刚过，就完成了第一本施工图设计。西站总指挥部专门对他们进行了通报表扬。

为给西站创造一个优美的环境，陆静等设计人员经过多次现场调查后，向指挥部提出建议：莲花池应另找水源，补清水入池，将排入莲花池的污水由新建暗沟截至西郊污水干线。

这个建议得到了批准，经有关领导决定，莲花池的补给水源由玉渊潭建一条直径为 1 米、长 3 公里的管道引入。

这样，就使太液池得以复生，为西站创造了一个优美的环境。

主管西站排水工程的院副总工程师刘希曾，因公务出国，在非洲博茨瓦纳期间，他仍然念念不忘西站明河改暗沟的工程，常提醒陆静注意一些关键部位。

陈震觉得这么大一个工程必须有专家把关，因为刘希曾出国在外，便请患重病在家的原副总石鑫培参与这个决策。

陆静是个性急的人，遇到问题就急得不得了，她也不管是节假日还是深更半夜，一有疑难问题就打电话到石鑫培家里。

石鑫培当时已经是晚期癌症病人，非常瘦弱，但他从来都是有问必答，有时觉得电话里说不清楚，第二天就会赶到院里看图纸，解答问题，对图纸中出现的细微的错误和疏忽也会认真地指出来。

石鑫培身患绝症，仍然为西站工程决策重大技术问题的这种精神，激起人们强烈的责任感和战胜困难的勇气。

陆静在拼命地赶图，同时也干得更仔细，她下定决心：决不能让一点错误和疏忽影响到京门第一仗的设计质量。

搞工程概算的李福春为了按时报出概算不拖后腿，累得眼睛布满了血丝。

龙干、马力两个年轻人与前辈们一起，为了一个共同的目标，把一种精神融进了盖板河的改造。

暗河的结构部分设计由丁荫春等人完成，经过多个设计方案比较，采用了下部结构现浇、上部结构预制的设计。从技术上采用多种措施，确保河道结构的安全。

丁荫春1965年毕业于同济大学，他说："从结构上看，改河工程不算复杂，但麻烦的是考虑因素多，时间紧。比如这条暗河要过莲花池，穿过12米的土山，跨过三环路，还有部分傍着旧河道，部分傍着建筑物，困难真可谓应有尽有。这样就带来了配合施工任务的繁重，遇到情况就叫设计人员，不论是节假日，还是深更半夜，挥手即来，来了就得拍板，有时一天跑两趟，随时待命。因为是第一仗，牵动着整个西站工程的进程，施工时间仓促，对设计人员要求全方位过硬，技术过硬，作风过硬，应急能力过硬。"

北京市市政设计研究院的总工范励修、副总杨树祺和第四所所长张均任、四所道路专业主任佟克正，4个道路专家铺开西站现况交通图，拟定了组织该枢纽交通设计的总原则：

在现有条件下，立足国情，选择最佳方案，达到国际交通功能，满足西站集散旅客和过境交通双重需求。

曲际水在办公会上几次提出："西站的交通工程是跨世纪工程，要反映出我院的水平。"

陈震与杨树祺和响当当的女"桥帅"罗玲一起，在大交通和每一个具体工程细节上都严格把关，并大胆采用新技术。

随后，他们与范励修、张均任、佟克正开过多次碰头会和专业技术委员会，比选方案，决策技术问题。

杨树祺几次支持决策采用新构想，在发挥道路立交交通功能、提高行驶条件方面有了突破。

聂大华是道路专业西站项目设计的负责人之一，她1987年毕业，一方面向老工程师赵天伟学习，一方面向佟克正请教，硬是扛起了这副重担。

聂大华和手下的陈东、艾凌密切配合，建路又搭桥。

一次，莲花池立交道路设计，指挥部要求他们三天拿出设计标高，提供给规划局以进行管线综合。

按常规，完成这项工作至少也需要一周，作为莲花池立交道路设计负责人的陈东急得不得了。

聂大华说："别急，咱仨一块干。"

于是，陈东、聂大华、艾凌三个人一鼓作气干了十多个小时，硬是在一天时间内就完成了！

后来艾凌出国进修，陈东一人把莲花池立交的几十张图捧了出去。

纳西族姑娘和坤玲是同济大学毕业的助理工程师，由于她头脑清楚，手脚麻利，西站道路工程的北广场三层隧道交通设计全交给了她。

和坤玲接到任务时，她真是又喜又忧。原来她曾偏于搞桥梁设计，现在一下子转到道路，而这部分道路工程又集中了整个西站配套交通工程的难点，和坤玲真怕自己干不好。

隧道交通工程方案是最后定下来的，变更了十余次，每次几乎都进入施工图阶段又有变动。

但和坤玲没有怨言，为了保证质量，提高效率，她在四所道路专业首先采用计算机绘图，这样手头就更快了。

在张均任和佟克正的指点帮助下，和坤玲最终出色地完成了任务。

三层隧道设计给结构专业出了难题，但罗玲却说："问题不大，有老谢任四所主任，能拿下来。"

谢万春理论基础扎实，善于钻研，虽然以搞大桥见长，但三层隧道也没有难倒他。

40多岁的徐中豪主持隧道设计。他是1982年毕业的高级工程师，参加过东厢、京石路、天安门地下通道等不少大型获奖工程设计。1987年曾经在加拿大专门进修过弯桥的设计。

但隧道的结构与桥梁不同，它更接近于建筑的结构，计算量大而且复杂。

徐中豪正在紧张设计阶段，他的爱人突然患甲肝住进了第二传染病医院。

这突如其来的意外，差点没把徐中豪击倒，但为了西站的建设，他硬撑着顶了过来。

徐中豪除了加班加点外，他把家里的所有东西都洗、晒并消了毒。但可能是由于过度劳累和精神紧张，徐中豪开始失眠，本来就深夜才躺下休息，躺下后却又眼睁睁地睡不着。

在徐中豪的带领下，"计算机通"贺广民、研究所的张恺、研究生毕业的王甲平各负责了隧道部分计算，他们都出色地报出了最后一本设计。

徐中豪的同学包琦伟是道桥设计的另一个室主任。她也是一位出类拔萃的桥梁专业技术骨干，不仅业务上过硬，而且关于组织协调生产，在有三分之一女性的设计室里营造了少有的融洽气氛。

许多人都说："在这个集体里干活儿，特舒心，大家几乎都忘了计较奖金和工时的多少。"

他们室承担了除北广场隧道、白云路、北蜂窝立交以外的所有交通工程。

通过西站工程的锻炼，加上包琦伟调动积极性和合理调配人力，他们的设计能力有大幅度增长。

配合西站的建设，搞好雨污水的排除，扼制这个地区的"污河"，是北京市市政设计研究院四所完成的又一项市政配套工程。

西站排水工程项目设计负责人邱荣进说："该工程特点是工程复杂，任务重，时间紧，边设计边施工，又因规划、管线综合跟不上，不能投入大量的人力。"

这项工程的设计主要是邱荣进和谭爱涛负责，后来从德国进修回来的蔡云也参加了进来。

刘希曾和主任陈辉带领他们在时间很紧的情况下，对已有的设计方案进行了大胆的修改补充，节省了工程造价，显示出他们的水平和实力。

第四设计所在建设北京西站的伟业中创造了辉煌，也赢得了荣誉。

总结工作时，书记王禹华、院长曲际水、副书记周复都说："当初，要选一支队伍承担西站市政配套设计任务，我们选了四所，我们选对了。第四设计所在西站市政配套工程设计中，不仅显示了我院的技术水平和实力，而且表现了团结协作、勇于拼搏的精神风貌。"

设计通信配套工程

1991年初,中国铁路通信信号总公司研究设计院获悉建设北京西站的消息之后,院领导立即向铁道部请战:"北京西站的通信信号及配套工程的设计,我们干了!我们具备竞争的条件,更具备竞争的实力!"

中国铁路通信信号总公司研究设计院是铁路电务系统通信信号专业研究、勘测、设计和标准化机构。40多年来,该院坚持"为运输生产服务"的宗旨,坚持"以新技术开发为先导,工程设计为主体,标准和标准化工作为支柱"的方针,艰苦奋斗,开拓进取,为提高铁路综合运输能力,保证运输安全,促进铁路技术进步作出了积极的贡献。

在西站的关键工程中,信号工程是关键之一,此工程包括:

一、客运车场,即西站大厅下电气集中工程,共有联锁道岔167组。

二、与客运车场配套使用的客运整备场,有联锁道岔83组。

三、柳村至广安门西线路所。该线路位于丰台、永定门和广安门三角形的中间地带,起到联络的作用,有联锁道岔10组。

四、长阳村线路所，位于长辛店和良乡之间，有联锁道岔 8 组。

中国铁路通信信号总公司研究设计院在西站信号工程的设计方案中，提出了两套方案：一套是铁道部《"八五"期间电务技术装备政策》推荐采用的传统的 6502 电气集中系统；一套是正在试验中但技术上更先进的微机组匣电气集中系统。

中国铁路通信信号总公司研究设计院从中国铁路的长远目标和目前国际铁路信号科技发展的态势着眼，力主上第二套方案。

1992 年，有关鉴定单位认为：

> 6502 系统是我国自行研制开发的电气集中系列，在 20 余年的使用中，证明此系列安全可靠，性能稳定，使用单位已经熟练操作，确定北京西站上 6502 电气集中系统。

任务正式下达后，中国铁路通信信号总公司研究设计院全体职工立即投入了战斗。

院党委提出了"五个一"的准则和行动标准：

> 选第一流的人才，搞第一流的设计，交第一流的工程，给第一流的配合，领导站到最困难的第一线。

接着，由第一流的骨干组成了设计班子，把全院第一流的设备让出来。

为了保证设计文件的准确无误，中国铁路通信信号总公司研究设计院在工序控制规定的两个三级审核"三检制"的基础上，又增加了一次检查和院"西站工程领导小组"的"特检"，变成了"五检制"。

院总工程师多次组织技术研讨会，大家认为：只要有可能，还要争取上更为先进的微机组匣电气集中系统。

但是，总体方案已经确定。

院领导想到："如果引进国外车站现代化控制系统，将要花费一定数量的外汇。通信信号总公司已经按总体方案向下属厂家下达了相关设备的生产任务。全院人员在6502系统设计和配套工程设计上花费的心血大多将作废。而且，新方案投入实施的设计费用从哪里来？"

但是他们同时想到："西站是我国的'陆地第一国门'，是展现我国科学技术水平、体现我国铁路现代化气息的窗口，也是为我国铁路职工长志气的工程。第一流的工程必须有第一流的设计，第一流的设计必须包含最先进的科学技术。"

想到这里，中国铁路通信信号总公司研究设计院的工程师们都坐不住了，尤其是研制微机组匣电气集中系统的纪晏宁高级工程师。

纪晏宁当时已经61岁了，但他仍然在岗位上日夜操劳。他从事了近 10 年微机电气集中研究，已经推广应用了 10 多个车站的微机组匣电气集中。

西站工程没有上微机组匣电气集中系统，纪晏宁心里一直不能平静。

纪晏宁想到了很多，面临着时间紧、施工在即、重新设计、重新生产设备等困难，他心里十分焦虑，于是纪晏宁便来到了工地上。

纪晏宁听着工地上的打桩声，看着那已经拔地而起的主体大楼，那如潮似流的施工队伍……

纪晏宁的心里不由得燃起了一股不可抑制的激情：

　　山下兰芽短浸溪，松间沙路净无泥。萧萧暮雨子规啼。
　　谁道人生无再少？门前流水尚能西。休将白发唱黄鸡！

回来后，纪晏宁对大家说："我老纪虽这把年纪了，但还能再发点热发点光，我愿与同志们再冲刺一番！北京西站一定要上微机组匣电气集中！一定要尽全力争取！"

院务会决定，所有的干部立即分头下去详细调查，再召集有关人员座谈，既然决心在这种关键时候请求改变设计方案，就必须做到心中有数，万无一失。

德国 SEL 公司早就想让他们的技术和设备在中国占

领一席之地，只要在谈判上下点功夫，将设备价钱压到我方能接受的程度就行。

中国铁路通信信号总公司研究设计院多次派人到德国 SEL 公司学习考察，对与 MMI 人机接口设备的事，他们已经进行过几次模拟试验，全部成功。

中国铁路通信信号总公司研究设计院已经有近 10 年对微机组匣电气集中的研制资料和南站等单位工程设计的实际经验，加上院内高度现代化的设计手段和几十年来设计院形成的敢打硬仗、团结合作的优良传统，凭借全院职工目前在设计行业中一流的素质，在剩下的不到两个月的时间内，拿下设计文件不成问题。

但必须首先征得上级领导的首肯，再拖下去时间就不够了。

中国铁路通信信号总公司领导班子听取了研究设计院的报告，与会领导大受鼓舞，总经理彭朋问："我只问一句话，来得及吗？"

设计院回答："没有问题，保证按时完成！"

素有横刀立马、果断敢干作风的彭朋笑着说："好，你们大胆的设想和公司的思路不谋而合。有风险不怕，我做你们的后台，要相信科学，相信自己，思想再解放一点。告诉你们一个好消息，公司即将举办一次展览会，给你们一席之地，请所有的部领导、司局领导参观。能否用实力和事实说服领导，就看你们的了！"

由于南站的微机组匣电气集中因使用单位场地改造

问题,还没有正式安装,研究设计院立即派人将此套设备一下子都搬到了展览会上。

铁道部的领导都来了,司局领导也来了,北京局领导也来了,现场使用单位也派来了工程技术人员。

高大的圆弧形的大屏幕将列车运行情况都展现得一清二楚,在一排排组匣柜前,是全部由计算机组成的操作面。

整个展览会上,微机组匣电气集中设备最显眼,最吸引人,参观的人纷纷被眼前这套先进的电气集中系统吸引过来了。

操作人员现场做示范,让参观的人亲眼看到了MMI这套现代化操作系统。所有参观者都赞叹不已。

有人问:"除了MMI设备外,其他设备都是我们自己生产的吗?"

解说员自豪地说:"大屏幕是西安信号工厂设计生产的,电源屏是天津信号工厂设计生产的,微机接口柜是沈阳信号工厂设计生产的,组匣柜是上海通信工厂设计生产的,而微机系统软硬件则是我们研究设计院配置的。除了MMI,其他部分全是通号总公司下属企业自己设计生产的。"

领导们听了都露出了笑容。

北京局领导问:"西站能否采用这一系统?"

解说员马上兴奋地说:"我们一直希望上这套系统。"

铁道部领导问:"西站上这套设备,1995年底能否开通？"

院领导马上代答道："能！"

消息传到设计院，大家都互相告知："有门！有门啊！"

而有的人已经开始了微机组匣电气集中设计的准备工作。

铁道部部长韩杼滨电话召请彭朋和研究设计院的有关人员。

韩杼滨问道："你们有绝对把握吗？"

彭朋说："我们通号总公司敢立军令状！"

韩杼滨又问："你们有什么困难和需要？"

彭朋回答："引进 MMI 需要钱。"

韩杼滨接着问："多少？"

彭朋说："大约 1000 万。"

韩杼滨马上说："没问题，袁秘书，你记下来，通知有关部门。"

韩杼滨面对着眼前几位激动不已的老总们说："MMI 和投机组匣一次上，有困难你们要克服，风险我们来承担！"

1995 年 3 月 17 日，铁道部和西站建设总指挥部通过了西站信号工程改上 MMI 微机组匣电气集中的方案。4 月 18 日，正式下文通知研究设计院。

此时，离工程设计文件全部结束只有一个月时间了。

中国铁路通信信号总公司研究设计院立即响遍了一

个口号：

  一切为微机组匣让路！

  总公司立即成立了专门的领导小组，彭朋亲自挂帅，并指令一名副总经理专抓信号工程所需设备产品的质量和进度，保证以一流的产品装备西站。
  中国铁路通信信号总公司研究设计院领导提出：

  向现代化要进度质量，充分利用设计院设备现代化的优势，一定要按期完成设计文件。

  蓝培德院长说：

  科技的竞争归根结底是人的竞争。人是生产力的首要因素。高科技的高智慧含量和高附加值，决定了我们研究设计院能搞出第一流的工程设计。我有这个信心。

  从 1982 年西站工程第一次启动时，中国铁路通信信号总公司研究设计院就开始了西站信号综合楼的设计。
  因为综合楼的楼址反复变化，一直不能最后确定，使得工程设计反复修改，直到 1993 年 3 月技术文件再次通过鉴定时，设计者们仍然心里没有底。

负责房建设计的一位高级工程师，接手工作时便有充足的思想准备：4 年工期两年半完，关键在设计，不加班哪能行？

从信号综合楼开始施工设计那天起，这位工程师就很少过节假日，把心思全用在了工作上。女儿生病、妻子动手术，他默默地承受着身心的痛苦。

1994 年 3 月，他终因劳累诱发房颤被送往医院急救。他在医院两次晕厥，被送进监护室一住就是 18 天。

待病情基本稳定后，他便急不可待地请同事把图纸送进了病房，继续研究图纸如何修改和补充，如何与北京市建院更好地配合，如何与其他专业协调进度。

医生、护士都要求他绝对卧床静养，让他积极配合治疗。

他微微一笑，谢谢大家对他的关照。他说："我相信有你们在，我不会轻易到另一个世界去的。"

在场的医护人员无不潸然落泪："这人满脑子都是工作啊！"

1995 年 4 月 28 日，在微机组匣集中工程设计室里，MMI 微机组匣电气集中工程设计时间倒计时已接近零。

整整一个月的时间，在几间静悄悄的计算机房里，昼夜响着计算机键盘的敲打声。

家里有计算机的人，下班回家又接着工作到深夜。家里没有计算机的人，下了班又留下来继续加班。

整整一个月，他们忘记了对家庭的责任，远离娱乐人群，没日没夜地敲击键盘，直至手指酸疼，大脑短路。

设计室里唯一多余的是一箱箱的方便面，大家谁饿了就抓一包，或泡着吃，或者干吃，他们认为这样有一个大优点："可以不离开计算机。"

总公司领导来了，院长、党委书记来了，总工程师、工会主席、纪委书记也都来了。

夜深了，设计者们谁都没有动身。领导来了，他们谁也没动一下，甚至连一句客套话都不愿意多说，都觉得那是一种浪费。

计算机房里只有键盘的敲击声和因疲劳过度而引发的咳嗽声。

领导们的眼睛不由得湿润了，他们把满肚子想让大家休息的话都咽了回去。

王大地的桌子上，一卷卷的文件越堆越高了，而王大地的脸上却逐渐从疲劳中溢出了欣喜的光彩：

计算机出图率达到80%！三级检验下来的结果全部准确无误！

1995年4月30日，王大地兴奋地抓起电话向院长报告："MMI微机组匣电气集中工程设计文件，仅用一个月零五天的时间全部完成了！"

文件送到院"西站领导小组"，一切准确无误，通过！

上百份设计文件送到设计院总工室,一切准确无误,通过!

文件又送到了中国铁路通信信号总公司专门领导小组,一切准确无误,通过!

文件最后送到审核单位,一切准确无误,通过!

中国铁路通信信号总公司研究设计院党委书记关俊升在评价该院职工在西站工程中的表现时说:

> 我们研究设计院的知识分子,正在将传统的忧患意识和爱国情感在新的历史条件下转换、嫁接、提纯、升华,从自我入手,从实干起步,把历史重任、时代使命与个人才智、自我实现较完美地结合在一起,探索知识分子立功报国的当代模式。

三、施工建设

● 罗文章宣布:"大战西站的序幕正式揭开!全体参战职工要发扬总公司艰苦奋斗、志在一流的光荣传统,在西站工程中出成果、出经验、出人才……"

● 张万宁说:"我们要以经济建设为中心,看一个人关键是他的工作能力,是否有较强的事业心。"

● 张百发说:"这支年轻的队伍真了不起,今后大有希望。"

开工建设西客站主站房

1992年12月28日，西站工程建设总指挥部的代表在飞霞饭店宽敞的会议厅里，与北京建工集团总公司法定代表人霍义棠分别在主站房"施工合同书"上签了字。

1993年1月19日下午，国务院总理李鹏、副总理邹家华等党政军领导人来到木楼村旧址，为西站工程亲自奠基。

当日天气晴朗，最高温度零下2摄氏度，风力二到三级。

在会场的一侧，建工集团机械施工公司的挖掘机和大型运输车整齐地排列着。

工人们整装待发，就像在接受一次最庄严的检阅一样。

当李鹏等人将一锹锹黄土撒向洁白的奠基石的时候，全场沸腾了。

人们回忆起：40年前，为加快首都建设步伐，周恩来亲自批准成立了北京建工集团总公司的前身北京市建筑工程局。

解放前，老北京并没有一家像样的建筑企业，有的只是一些或大或小的私人营造厂。

北平解放后，首都的建设队伍才在改造私人企业、发展国营企业、支持集体建筑业的方针下迅速壮大起来。

当第一个五年计划开始实施时，为了适应首都大规模经济建设的需要，经中央人民政府政务院批准，将中央建工部直属工程公司、北京市建筑公司及中国人民大学基建处等单位正式合并，成立了北京市建筑工程局。

1984年4月，在城市改革开放的大潮中，北京市建工局改为建筑工程总公司。

1992年11月，在促进企业转换经营机制，提高经济效益，适应首都建设需要的新形势下，北京市建筑工程总公司改组为北京建工集团总公司，成为首都最大的一个建筑企业法人联合体。

西站主站房31万多平方米的工程任务落在建工集团手中之后，闻知消息的各土建公司纷纷请缨求战。

其中尤以一建公司、三建公司的呼声最高。

各家公司的经理们都很清楚：

> 西站是一个阶段性、历史性的工程，是向全国乃至全世界展示当代中国最高建筑水平的工程，此时不争，更待何时！

三建公司经理王鸿斌下定决心，他在总公司的汇报会上表示，要从公司抽调最好的干部组成班子，抽调最得力的队伍上西站。

同时，三建公司派出一名副经理四处搜集西站的信息，公司的总工程师找到了设计院，复印了一份西站的扩初图。

但是把扩初图拿回来一看，大家都吓了一跳：西站的规模太大了，就凭这气派，也让三建的领导们决心真正地大干一场。

王鸿斌把公司副经理李春华找来，他开门见山地说出了自己的想法："由你组织人马，上西站。"

王鸿斌找李春华第二次谈话的时候，他直接对李春华说："李春华，你点将吧，你要谁，公司就给谁，三公司这回是撇家舍业豁出去了！"

1992年10月，三建公司确定了西站项目经理部的班子人选，决定由李春华任经理、公司党委副书记洪茂林为项目部党委书记、公司副总工程师徐湘生为项目部总工程师。

同时，决定派遣一分公司一队、三分公司二队出征西站。这两支施工队都是三建的王牌主力，曾在亚运工程中承建了游泳馆和综合馆，是两支敢打硬仗的队伍。

一建公司也在积极争取，他们当即作出决定，以西站工程作为公司深化企业改革的大胆尝试，成立第一项目经理部，归公司直属管理，任命副经理张文龙、党委宣传部部长赵国增分别担任项目经理和党委书记，同时派公司的生产科长、预算科长、技术科副科长以及团委书记都上第一项目经理部。

人们都在焦急等待着集团总公司的最后抉择。

集团总公司决策层几经研究，几经探讨，最终作出决定：

1. 由集团公司以总承包的形式承建西站主站房。总公司成立西站工程经理部，任命副经理乐志远、办公室主任王德来、工会主席张健生、党委办公室主任刘丽臣担任西站工程经理部的正、副经理及党委正、副书记，从总公司各业务处室抽调得力干部参加西站工程经理工作。

2. 第一、第二、第三建筑工程公司各组建一个项目经理部，分别承包西站主站房的西区、东区、中区工程。同时，机械公司、安装公司也成立相应的项目经理部，承包西站主站房的专项工程任务。

3. 根据西站总指挥部的部署，全部工期只有两年半时间，1995年底铁路开通，后门已关死。各参建公司必须倒排工期，背水一战。同时，要最大限度地发挥集团的总体优势，统一资金使用，统一器材供应，统一指挥调度，在工地展开协作竞争，确保西站工程的全面胜利。

1992年12月26日，总公司召集各参战单位开会。原定于9时开会，二分公司副经理侯剑和副总工程师冯越从 8 时就坐在了会议室里。

乐志远经理与每一位相识的人打了招呼，他问："二建来人了吗？"

侯剑从一个角落里站起来说："来了。"

侯剑和冯越都 30 多岁，这时人们都在暗暗地替他们担忧："小伙子，上西站可够你俩喝一壶的。"

在这次会议上，乐志远郑重宣布：

各参战单位都要在年底进点，迅速做好一切施工前的准备。

西站工程的总工程师杨嗣信在担任建工局局长的时候，就曾经赞扬三建公司说："困难面前有三建，三建面前无困难。"

早在 1992 年 11 月份，李春华就带着一行人马去考察了即将动土的工地。

他们跨越铁道、穿过民房，靠着预先拿到手的扩初图，找到了几个测量点，然后由北向南，用步子量了 200 多步，找到了主站房的南侧位置。

而在当时，那里是两个大粪堆。

当工程任务明确后，三建公司就率先展开了工作，施工图纸没下来，他们就自己跑勘测院，找点、找线。

北京的腊月天气寒冷，总工程师徐湘生身上裹着大衣，蹲在墙根底下计算着夹角。他不时地搓动着僵硬的双手，为主站房的主楼确定了施工的位置。

为了促使群众早日搬迁，三建公司展开了宣传战。他们做了两条大标语，每个字都两米见方，还按照片画了一个西站的模型，写上设计和施工单位，立在路边上。

西站真的开工了，随着机械公司的推土机隆隆地驶过来，搬迁的速度骤然加快了。

1992年的最后一天，建工集团总公司党委在工地上召开了动员大会。党委书记罗文章兴奋地宣布：

> 大战西站的序幕正式揭开！全体参战职工要发扬总公司艰苦奋斗、志在一流的光荣传统，在西站工程中出成果、出经验、出人才，争创质量、技术、工期三个一流，打出水平，扬建工集团声威。

机械公司在土方战役中打了一个漂亮仗，他们按时完成了60多万立方米土的挖运任务，为基础施工做好了准备。

西站主站房工程在1993年的春天就一天天显出了雏形。

工地上的人都称乐志远为乐头儿，背地当面都这么叫，乐志远还挺喜欢大家这么称呼他。

工地上有位干部家中生活困难，乐志远掏出自己的钱包说："先拿去用吧。"大家都说乐头儿是个好人。

乐志远娴熟地指挥着自己的部队，在西站一仗接一仗地打下去。

乐志远在反复考虑 31 万平方米的建筑面积和施工难度，为主站房工程制定了工期：1993 年完成正负零以下结构工程；1994 年完成主体结构并实现封顶，在同年下半年插入装修和设备安装；1995 年上半年基本达到竣工要求。

乐志远把自己的队伍充分调动起来，3 个土建公司项目经理部都干出了不寻常的成就。

当时，一建公司的施工条件十分恶劣，张文龙站在自己未来的工地上看到，南有河、北有路、西有菜地、东有民房，而此时，二、三建工地上已经是热烈喧闹的场面了。

张文龙为了早日开槽，在没有拿到开槽图的情况下，他们依据平面图上的两座小桥为坐标，自己找了线。

总工程师杨崇俭扛着一台经纬仪，副经理段祥囤扛着一把铁锹，领着两个放线工，撒了一天白灰，放出了轮廓线。

后续人马陆续到了，没房子住，他们就在大小泥管子里用砖堵上一头，暂且住下。后来又用拆剩下的旧砖头砌了厕所，盖了锅炉房，建起了自己的生活区。

1993 年 12 月 31 日，一建公司基本上完成了正负零以下的结构工程。

1994 年 6 月 10 日午夜，他们率先完成地下车库封顶。从此，人们可以站在北广场上去看西站主站房了。

四建公司承担着修建西站配套工程通信中心的任务。

1993年11月26日，通信中心工程在莲花池立交桥东北角隆重开工了，包括机房楼、业务楼和培训中心，总建筑面积近7万平方米。投资方为北京电信管理局。

通信中心工程是在条件极为恶劣的情况下开工的，基础开槽后，已经到了三九寒冬，坑底的温度在零下十几摄氏度，钢筋工们在绑扎钢筋的时候，常常会把手粘在钢筋上。

打混凝土的时候，由于市政道桥工程已经全面铺开，马路上拥挤不堪，运送混凝土的罐车近在咫尺，但就是开不进工地，让人心里急得不得了。

但是，在四建人的艰苦努力下，机房楼工程当年开工，当年就实现了结构封顶、外槽亮相。

1994年底，建工集团总公司在通信中心工地召开了质量管理现场会，人们对四建公司再一次刮目相看。

工程技术科长呼尔查是一个蒙古族青年。当培训中心挖基础的时候，由于场地狭窄，12.7米深的基坑只能使用打护坡桩的方法，但是没有图纸，找人重新设计，资金、时间都不允许。

呼尔查不等不靠自己动手，他跑了勘察院又跑设计院，反反复复跑了无数次，终于解决了施工中的难题。

但呼尔查自己结婚却只用了一天时间，上午去登记，下午买家具，晚上进洞房，第二天便上班了。

有一次，工地上一个来自密云农村的工人家中告急，他两岁的小女儿同时患了中耳炎和肺炎，他的父亲骑车跑到十几里外的县城才给工地上打通电话。

领导们听说这个情况之后，马上派汽车去密云，往返200公里，当天将孩子送进市儿童医院治疗。

医生诊断之后说："再晚一点，孩子可能就聋了。"

为了给孩子治病，领导掏腰包凑了几千元钱，把那位工人感动得直掉眼泪。

1993年底，集团总公司根据二建的状况，为了深化企业改革，决定将二建公司解体重组二建与七建。

1994年以后，侯剑、冯越就以七建公司的科技进步推动了施工进度，以科学管理促进了企业效益，以严谨的作风开创了新的局面。

侯剑表示："要把七建变成西站工地上的'旗舰'。"

1994年初，一建公司项目经理张文龙奉命调回公司担任常务副经理，西站的项目经理一职由杨崇俭担任。1994年，总公司西站工程经理部按施工计划网络图的进度，要求除一段之外的各施工段务必在"十一"前实现结构封顶。

而一建却在8月22日率先实现5段封顶任务，比计划提前40天。

杨崇俭说："我们发挥了自己的优势，因地制宜走新路，大家都动了不少脑筋。"

1994年，刘丽臣担任总公司西站工程经理部党委书记,他向党委提出建议:"在西站工地各级党组织中开展'我是一面旗,争做排头兵'的活动。"

1994年,是西站主站房工地满载荣誉与辉煌的一年。刘丽臣穿行于工地之中,他看到,昨天还是满目苍凉的乡野,今天已经变成了钢筋、水泥的世界。

刘丽臣不由得一时兴起,借用岑参的一句古诗,挥笔写下两句新诗:

忽如一夜春风来,莲花池畔起楼台。

1994年6月28日,建工集团西站工程经理部在燕郊的一个招待所召开工作会议。

会议根据上半年的施工进度,为全面贯彻总指挥部三季度工作会议精神,正式决定在10月25日实施钢桁架及钢亭子的整体提升,要求各有关施工单位均按这个日期倒计时编制网络计划。

三建公司在西站承担了13.8万平方米的建筑施工任务,整个西站工程的最高点与最深处都在他们的施工段里。

李春华说:"人争一口气,佛争一炉香,没有这点心气,什么也干不好!"

李春华不知每天从办公室往工地上跑多少回。办公室在羊坊店南口,距工地几百米,有人计算过,自西站开工,李春华走的路快从北京到井冈山了。

这期间，李春华的岳母住医院几进几出，他女儿心率过速，在医院治疗一个多月，他的弟弟做手术，由他签的字。有人说："所有的难处都让李春华一个人碰上了。"

1994年12月20日下午，7.79米平台上的气氛异常紧张，在提升领导小组的临时指挥所里，各级指挥员已经就位。

机械公司西站工程项目经理韩学广手持对讲机，在与楼顶控制机房及各个部位进行提升前各种数据的最后核实。

各方面技术专家分别在自己管辖的项目下签字，提升领导小组成员也分别在责任书上郑重签字。

13时28分，乐志远手持话筒高声说道："我宣布，西站主站房钢桁架提升现在开始！"

话音传出，指挥所里的人们便拥出门来。在无数双眼睛的注视中，钢桁架缓缓升起，人们的心也随之升起。

临时指挥所里，乐志远神情坦然，镇定自若。

王德来不时地走出小屋，观察着工地上的动静，同时也让寒风吹去多日不眠的困意。

64岁的杨嗣信总工程师则枕着一个纸盒子发出轻轻的鼾声。

12月22日下午，人们期盼已久的西站主站房钢桁架整体提升暨封顶仪式隆重举行。

工地上彩旗飘扬，锣鼓震天，20只氢气球牵引着巨幅标语高悬空中。

会场里贵宾云集，欢声四溢，与会的北京市、铁道部、建设部领导及各界人士向建设者们致以热烈的祝贺。

掌声迭起，一浪高过一浪。

12月25日12时55分，钢桁架全部提升到位，人们奔走相告这一时刻的到来。

这标志着西站工程在1994年年内"完成结构、形成轮廓、初具规模"的奋斗目标已经胜利实现。

1995年初，西站工程建设总指挥部在年初的工作会议上确定下12个字的奋斗目标：

团结一致，奋力拼搏，年底通车。

不久，在总指挥部办公室的院里就竖起了一块倒计天数的工期牌。

为了使外地民工在北京过上一个愉快的春节，铁路文工团专门排演了一台文艺节目慰问西站建设者。

北京大碗茶商贸集团总经理尹盛喜盛情邀请200多位民工代表到北京老舍茶馆联欢。

青岛海信集团派专人赴京，给建工集团在西站的民工送来两台大屏幕彩色电视机。

除夕前夜，北京市总工会将整头的猪肉送到民工的伙房里。

北京玛斯特自动化控制工程公司总经理黄铁锋率领

员工来到西站，不仅带来了整箱的速冻水饺，也带来了北京人的一片爱心。

市政府的领导、市建委的领导在工地上与民工们举杯同庆，一起吃年夜饺子，春节期间的西站工地既热闹又喜庆。

来自四川省三台县的50岁民工龚远锡带着儿子在西站工地干活，因为工程忙，他们今年都不回去过春节了。

龚远锡说："组织上对咱民工挺关心，吃饭、住宿都安排得挺好。春节期间还组织各种文娱活动，许多民工都表示来年一定好好干，为北京建设多出把力。"

春节过后，建工集团西站工程经理部全力部署抢工期的战役，工地上一片沸腾。

1995年9月28日，西站工程祝捷大会在主站房广场召开，西站以崭新的姿态迎接着来自各界的宾客。

11时50分，一列披红挂彩的火车缓缓驶入西站第四站台，前来祝捷的宾客经过装饰一新的贵宾候车室来到北广场上。

12时整，广场塔钟传出激动人心的悠扬钟声，这一刻标志着西站工程取得阶段性胜利："站房亮相、火车开通、塔钟敲响"的目标已经全部实现。

祝捷会上，千余名文艺工作者奉献给建设者一台大型文艺演出，大家载歌载舞，异常热烈。

人们把一束束鲜花献给演员，演员又把鲜花撒向西站的建设者，舞台上下喜气融融。

掀起南站房建设高潮

1992年11月19日,北京西站建设总指挥部在人民大会堂召开重要会议。

铁道部建厂工程局、北京建工集团、北京城建集团等单位负责人都出席了会议。

铁道部建厂工程局局长李洪富、局党委书记李文魁就坐在与会者中间。

两天前,当总指挥部把通知开会的电话打到建厂工程局大本营涿州机关的时候,李文魁非常兴奋。他放下电话,立即把这一喜讯告诉了在机关的领导。

然后,李文魁又把电话打到了深圳:"喂,李局长吗?西站建设总指挥部通知19日上午开会。"

李洪富高兴地说:"太好了,说明我们是参战单位,这是机遇呀!"

19日的会上,北京市建委主任王宗礼大声宣布:

参战单位有……铁道部建厂工程局承建南站房、高架候车厅、站台、雨棚、地道、行包房、信号综合楼等工程,共计25万多平方米。

早在20世纪50年代,建厂局就参与承建了北京市

"十大工程"之一的北京火车站，建造了铁道部办公大楼，北京外贸进出口大楼，沈阳、长春、哈尔滨铁路工厂，国务院、铁道部等的部分住宅区。

20世纪60至70年代，建厂局先后设计和建成了宝鸡桥梁厂、资阳内燃机车厂等，为"大三线"铁路工厂建设作出了巨大贡献。

1969年，为尽国际主义义务，建厂局职工远涉重洋到坦桑尼亚、赞比亚，设计和施工了一个个火车站和机车车辆修理厂。

经过10多年的拼搏，建厂局已经是深圳建筑市场上的四强之一。

建厂局先后与坦桑尼亚、赞比亚、阿联酋、约旦、利比亚等12个国家和地区建立了业务联系，签约并承包实施了40多个工程项目。

建厂局深知，西站工程责任重大，李洪富自告奋勇当了指挥长。

他们同时决定：一处处长张万宁任建厂局西站工程指挥部第一副指挥长；一处副处长马世荣任副指挥长；局深圳工程处第二项目队副处级队长熊更成任副指挥长；局副总工程师戴宗仁任西站建厂局工程指挥部总工程师；原深圳工程处副处长李志超任抓生活后勤的副指挥长。

其中张万宁的担子最重。

夜深了，张万宁仍然无法入睡，他索性坐了起来，头倚床架，脑子里思索着全处几十名科以上干部的名字。

他一个个比较着，最后想到了马俊、韩铁成、罗虎等几个得力干将。

马俊、韩铁成分别做过北京亮马河大厦、深圳新客站、北京崇文门饭店改造等工程，都担任过工班长、工区主任、工程队副队长等职务。

张万宁决定让他们分别担任这次大会战的第一和第二项目队经理。

张万宁又想：罗虎头脑清楚，善于管理，有强烈的事业心，就让他担任第三项目队经理。

有人听到这个决定后说："张处长胆子太大了，除韩铁成40岁，另外两个都是30多岁的年轻人，而且都不是党员，干不好后悔也来不及了。"

但张万宁却说："这三位同志虽然不是党员，但都向组织递交了入党申请书，说明思想上是追求进步的。我们要以经济建设为中心，看一个人关键是他的工作能力，是否有较强的事业心。"

张万宁的决定得到了一处党委的支持和认可。

当时，施工队伍都是从各队抽调来的，没有带设备，为了满足混凝土供应，必须购买一台大型搅拌机，一处机械科陈世理、董进接下了采购任务，立即四处奔波。

1992年12月16日，他们俩赶到了徐州混凝土工程机械厂。

厂家说：仅有的一台德国产的样机卖给了南京的一家农场，已经预交了50万元订金，再组装一台至少得三四个月时间。

他们马上与农场进行交涉，说明修建西站的重大意义，并答应同厂家商量，让厂家加快生产速度，保证农场两个月后提到搅拌机。最终，他们说服了南京农场。等他们赶回北京时，已经是1993年的春节了。

1993年3月22日，建厂局西站指挥部成立；3月26日，各项目队进入预定地点。

指挥部决定：

要以最快的速度建立起3.2万平方米的生产、生活基地。

当时，工地上到处都是拆迁扔下的烂砖碎瓦、渣土、电缆和树木、臭水沟……

党工委向全体将士发出号召：

战斗在西站，立功在西站，奉献在西站。发扬当年建设北京站的光荣传统，保持建深圳站的辉煌，在西站再树建厂局丰碑。

党群工作部把口号的每一个字书写成两米见方的大字，立在工地周围，又用广播在工地播放。

施工必须要先有电。一项目队经理马俊把找电的任务交给了孙振友。

孙振友看到工地有一排电线杆，他就顺着电线杆小跑起来，不知跑了多久，他终于找到了一个小村庄，一打听才知道这是准备拆迁走的线路。

一位干部模样的人告诉孙振友："想接电得找供电局。"

孙振友又马不停蹄地找到丰台供电局负责人。一见面他就说："我叫孙振友，是铁道部建厂工程局的，前来参加西站建设，现在工地没有电，求领导帮助解决用电问题。"

这位负责人看到孙振友满头大汗，就感动地说："你们遇到困难，我们应大力帮助。"他立即指示下边的人马上帮助解决用电困难。

三类工程艰难地展开了，突然，一场大风向西站工地袭来，顿时，黄沙满天，刚刚搭上的屋顶被刮得"咔咔"直响，一会儿就被掀翻在地。

刚刚蒸熟的米饭被蒙上了一层泥沙。

马俊大步走到锅前，用饭铲轻轻扒掉浮泥，盛上一碗饭就吃了起来，牙齿咬得沙子咯咯作响。

大家也都上前，你一碗我一碗，不一会儿就把这锅"混合饭"吃光了。

1993年4月28日，建厂局开始修建2200多平方米的行包房。

按总指挥部最初的安排，建厂局应在7月份进点。考虑到西站工程最后期限已经卡死，建厂局指挥部制定了"立足于早上，立足于地下，立足于交叉"的原则，他们征得总指挥部同意，提前进入施工准备。

建厂局指挥部要求参战人员艰苦奋斗，不怕困难，勇往直前。

一声令下，大型挖掘机怒吼着把一斗黑土翻上运输车。

工地上彩旗飞扬，欢声雷动，这意味着，建厂局承建西站的战斗已经打响了，此时此刻，有不少职工的眼眶湿润了。

一位参加过北京站建设的老职工热泪纵横，他激动地说："早就听说要建西站，我日思夜想，老盼着这天快些到来。现在，我盼到了，这辈子能赶上北京老站和新站的建设，我觉得自己太幸福了，我知足了。"

一位年轻的技术人员也说："人的一生机遇不多，我们既然赶上了，就一定要把西站工程建设好。这样，才能无愧于祖国人民，无愧于今生！"

马俊带头跳下基坑，他抡起铁锹。干部职工们也纷纷加入挖土行列，他们轻轻地把电缆托起，边挖边进行处理。

就这样，7500立方米土仅用4天时间就挖完了，比原计划提前3天。

张万宁赞道："好样的，打了一个漂亮仗！"

建厂局长、局西站工程指挥长李洪富等专程从涿州局机关赶来。他代表建厂局对全体参战人员表示感谢，赞扬他们的吃苦耐劳、顽强拼搏精神。

5月20日,地下室工程走出地面。

6月26日,主体结构完工。2200平方米的结构工程,仅用60天就完成了,比定额工期提前了100天。

局创优领导小组和工地监理共同检查后一致认为:该工程质量优良。

建厂局承建的西站全部地下通道,总长3.7公里,折算面积2.46万平方米。

1993年7月8日,第一项目队职工首先打响了108米的行包邮政地道的战斗。

地道下面全部是砂卵石层,土质疏松,而且他们遇到了大量电缆。

7月,雨季就要到来了,参战职工争分夺秒,24小时轮流作业,大家拼命往前抢。

但是,大雨来到了,工地上一片汪洋,大家最担心的塌方还是发生了。

当时,如果任雨水冲刷,继续塌方,电缆将随时塌下折断,将导致铁道部全路运输指挥中枢和几个部委的通信中断。

面对险情,指挥部、项目队的干部冲了上去。工人、民工也紧跟着冲上去了。人们怒吼着,嘶喊着。

这是一场人与自然的斗争。大家一边顶模板,打支撑,加固沟壁,防止继续塌方,一边抓紧砌筑防护电缆挡墙。

一会儿的工夫，地道里的积水已经没过了膝盖，但大家谁也顾不上看一眼。

四五十人排成长蛇队，递砖送沙灰，另外几十人爬上爬下，运送模板。

有人滑倒了，爬起来再干，鞋子跑丢了，干脆赤脚向前。

这时，再也分不清谁是干部，谁是工人，谁是民工。

副指挥长熊更成呐喊着指挥现场抢险，他看到一位民工没穿雨衣，就立刻把自己的雨衣脱下来披到这位民工身上。

木工领工员孟宪奎边支模板边大骂着"死老天""贼老天"。模板一时供应不上，他便把身体贴在坑壁上当模板。

两个多小时后，塌方止住了，电缆保住了。

大家站在雨中，你看看我，我瞅瞅你，突然有人冒出一句："这凉水澡洗得真叫痛快！"

1993年8月30日，西站南站房正式开工。

大战前夜，在建厂局西站指挥部大会议室里，熊更成指着南站房阶段施工分布图下达作战任务。他看着一处机械站站长胡秉恒严厉地说："基础土方挖掘速度直接关系到基础底板混凝土能否按时浇筑，希望你们继续发扬干行包房和地下通道的拼搏精神，按时完成任务。"

接着，熊更成把目光转向其他项目队领导，一一下达命令。

张万宁说："同志们，这是一场超常规的会战，一定要打好！各项目队回去后制订的工程进度计划必须以小时为单位。只能提前，不能拖后！大家有没有信心？"

大家齐声回答："有！"

8月30日20时30分。一台台橘红色的挖掘机披着西天一抹夏日的余晖，静静地停在作业位置上。

张万宁、熊更成、马世荣等局领导都来了，他们早就盼望着这一刻来临。

一声令下，鞭炮齐鸣，掌声雷动，建厂局承建北京西站的主攻战斗打响了。

挖掘机一声长吼，伸展出钢铁的长臂，缓缓接近地面，猛力一掘，掘开了所有参战职工心中的激情！

为争取时间，机械站党支部书记王朝正亲自驾车，同司机一样多拉快跑。

副站长刘景才忙前跑后，两眼熬得通红，执意不肯休息。

站长胡秉恒太累了，倚着工地上的几块木料睡着了。

9月的北京，驾驶室里温度高达40摄氏度，司机们个个赤膊上阵。

9月7日晚，一场大雨从天而降，工地上一片泥泞，但没有一个人缺勤，工程最终提前12天完成了任务。

1994年6月8日，高架候车厅由前期准备转入全面施工。第二项目队担任主攻任务。

原计划1993年6月30日清理出的作业面，直到

1994年5月底才移交到建厂局指挥部。这就意味着,第二项目队要一年时间干完两年的任务,而且其中还有大量的交叉作业。

7月初,西站总指挥部在怀柔召开第三季度工作会议,九大施工单位领导聚集在一起。

随着工程的进展,地下全面开花,交叉作业日益频繁,工程建设已经达到白热化程度。

西站常务副总指挥王宗礼一见到张万宁就问:"高架候车厅已经交给你们建厂局了,工程进度缓慢,有什么困难?"

张万宁脱口而出:"缺钱!光周转料我们已经投入2000万,资金周转困难,请领导酌情解决。"

王宗礼马上问:"要多少?"

张万宁回答:"500万。"

王宗礼的回答只有一个字:"给!"

张万宁赶紧给熊更成打电话:"总指挥已经答应给钱了!立马告诉第二项目队的领导,高架候车厅要加快速度,决不能因为咱们而影响西站工期。"

8月的一个夜晚,风雨大作,高架候车厅一段正浇筑混凝土,一辆罐车陷在泥坑里。

候车厅技术主管张广平闻讯,他立刻放下刚刚端起的饭碗,一头扎入雨中。

雨很大,为了避免发生事故,工地上停了电,四周漆黑一团,罐车却仿佛在泥里生了根,拖出来一点又滑下去，再拖，再滑下去。等罐车冲出泥坑的时候，几个人也累得筋疲力尽了。

张广平一屁股坐在泥水里，感到又冷又饿，这时他才想起，从中午到现在他还没有吃一口饭呢。

最后，工程质量一次验收 100% 合格，工序分项优良率 90%。

在昌平会议上，北京质检站站长蔡金墀认为："高架候车厅混凝土质量已经超过上海，全国第一！"

1994 年 10 月 1 日是共和国 45 岁生日，建厂局西站指挥部决定：

> 抢在 9 月底，实现南站房结构封顶，向国庆 45 周年献上一份厚礼！

到 8 月 25 日为止，一项目队负责的中央大厅还有四层没有浇筑，东翼、西翼情况也一样，按正常速度，这么大的建筑，一个标准层少说也需要花 20 天时间才能够完成。

一项目队发出紧急动员令，一天数次通过指挥部广播台播放。

马俊召集所有管理人员开会，他宣布：

> 一项目队从现在起进入非常时期，所有人员在 9 月 30 日前不准擅自离岗回家。技术人员

白天上工地，发现问题随时解决；晚上审图，制订第二天的施工计划，后勤服务人员随时保证，必要时把饭直接送到作业面上去。

9月20日，先后有3个顶板要封顶。按分工，石广利、张国洪两位副经理值夜班。

石广利已经52岁了，他患有高血压，心脏也不太好。老伴早就劝他退休回家，但石广利怎么也不肯。

来到西站工地后，石广利跟小伙子一样，不分白天黑夜爬上爬下，当大伙劝他歇一下时，石广利都说："没事，我顶得住。"

凌晨3时，张国洪冒着逼人的寒气再一次从楼上检查混凝土浇筑情况下来的时候，他发现，已经三天三夜没好好休息的石广利已经一头歪在沙石堆上睡着了。

张国洪一阵心酸，他悄悄地脱下衣服，轻轻地盖在石广利身上。

国庆节是技术人员尚国强结婚的日子，马俊也已经准了他的婚假。

尚国强一直忙到9月30日17时才从工地上撤下来。当尚国强穿着工作服去技术室向张国洪请假，大家才猛然想起他明天就要结婚了，而大家忙得竟然没有时间为尚国强准备一件像样的礼品。

南站房终于抢在10月1日前按期封顶。

建设西客站地铁工程

1992年9月，北京城建集团总公司接受了西站的施工任务，他们当时既感到光荣和自豪，同时也感到担子的沉重。

1983年，铁道兵某部集体转业组建北京城建集团总公司。这支队伍继续发扬人民解放军的优良传统，学习工人阶级的好思想，以主人翁姿态建设北京。

这些年来，城建集团先后修建了北京地下铁道一、二期工程，北京地铁东四十条站和中国剧院。这些都被评为20世纪80年代十大建筑。另外还修建了国家奥林匹克体育中心田径场、地坛体育馆、昌平自行车赛场、北京电视台等60多项工程，分别被评为优质工程银质奖、鲁班奖和国家建设部优质工程。

接受任务当晚，城建集团会议室灯火彻夜通明，老总们正在为调兵遣将运筹。

会议一开始，城建集团的董事长肖玉良就开门见山地说："进场时间紧迫，容不得拖延，今天我们必须定下进场队伍的指挥员。请大家发表意见。"

参加会议的人一时都没有说话。过了一会儿，坐在肖玉良身边的党委书记马于明站了起来。他看了大家一眼，然后说："我看还是请郭总挂帅吧！"

经理佟永贵首先表示:"我同意!"

接着,大家纷纷表态:"同意!同意!"

马于明又对坐在佟永贵对面的副经理郭国俊说:"郭总,你看可以吗?"

郭国俊站起来,他没有回答马于明的这句话,而是直接点将说:"我想把三公司和五公司拉上去。大家看呢?"

老总们一致表示:"这几支队伍都以挑重担、打硬仗、冲得上、拿得下而著称,赢得了很高的声誉。把他们交给老郭,我们放心!"

马于明知道郭国俊已经答应了,他看着这位善打硬仗、军人出身的老将说:"老郭,又辛苦你了,你放心去吧,党、政、工、团都是你的后盾。有什么问题你尽管说。"

肖玉良磕了磕刚吸了两口的大烟斗说:"这次出征意义不同寻常,工期这么短,工程这么重,对我们是个考验,也是个锻炼。集团要形成一个拳头,决战决胜,有第一不争第二。"

9月20日,城建集团的车载着出征西站的第一批施工人员开到西站工地。

当时,呈现在大家面前的是残垣断壁,杂草丛生。莲花河污水横穿工地,40多棵大杨树东倒西歪,在风中摇摆着。还有几十个深埋在地下的水泥墩。

按计划要求,改道后的莲花河将绕过整个主站区,由南站房南侧的铁路区间隧道上端"封闭式"地向东暗流而去。

拆迁战斗打响之前，郭国俊召开了战前动员会，他说："这个地方干这个工程影响很大，干好了有名气，干不好同样也有名气，坏名气。市里把这项艰苦的任务交给我们干，是对我们的信任。我们只能干好，不能干坏。"

傍晚时分，拆迁命令下达后，几十辆汽车、推土机、挖土机发出了轰隆隆的叫声，几百名职工火速奔向各自的主攻目标。

填坑、移树、撬砖、挖水泥墩、装车、码放、运输……从日落到日出，一夜之间，4000多平方米、2万来块砖、950多吨水泥方砖全部被拆除。

拆迁完毕，接着开始72米预埋段土方开挖的战役。工人们夜以继日地奋战，大家熬红了双眼，饿了啃个冷馒头，困了在驾驶室里打个盹儿，仅用20天就挖完了宽74米、长80余米、深17米的基坑。

秋走冬至，凛冽的寒风夹杂着纷纷扬扬的雪花落在莲花河上。地铁车站217米段的土方开挖工程开始了。

一天夜里，挖土机坏在莲花河的稀泥里，司机姚兴坤、李秀田和修理工马贵福，夜班饭都没来得及吃，他们脱掉棉鞋，穿上雨靴站在冰冷刺骨的稀泥里修理。

挖土机终于修好了，可他们3个人的手脚都已经冻得失去了知觉。

当基坑挖到 11 米深的时候，突然出现了地下水和砾石岩。三公司当即召开紧急会议，作出了"立即打井降水，随之爆破"的决定。

降水成功了，在部队的支援下，砾石岩的爆破也在顺利进行。

基坑北侧离主站房基础很近。为了防止扰动基础，有 2000 多立方米的岩石坚土不能实施爆破，只好采用浅孔微量药松动与机械开挖相结合的办法。

副队长时维丰带领职工用挖土机一点一点地抠。20 多人编成小组，几班倒，人歇机不停，机歇镐不闲，用了两个星期攻克了这道难关。

张百发到工地视察时说："这支年轻的队伍真了不起，今后大有希望。"

72 米段土方工程完工后，为保证盖板河的基础稳定，三公司所属六分公司先后上了 6 台钻机打孔压浆，然后进行地基处理。

公司领导对三分公司经理任学武、书记雷孝华反复叮嘱说："这一炮打得响不响，关系重大，你们要胸怀大局，开好这个头。"

任学武把决心书送到了公司："就是老天下刀子，我们顶着铁锅也要把队伍带上去。哪怕掉 10 斤肉，脱一层皮，我们也要打好这一仗。"

郭国俊为了激励这支队伍的斗志，他在西站工地临时工棚里摆了一次小小的宴席，同时也把总指挥部和监理部门的老总们都请来作陪。

郭国俊对任学武说:"学武,今天当着各位领导的面表个态,有信心干好72米段不?如果有,就和领导们干一杯!"

任学武明白郭国俊的用意,他为了表示干好72米段的决心,虽然不胜酒力,但仍然硬是连喝了满满7杯酒。

这年的冬天,总是不停地下雪。雪,整夜整夜地下着,西站工地银装素裹,工人们冒雪奋战,一夜之间,个个都变成了雪人。

顾陈荣青年突击队队员们冒着严寒脱掉棉衣钻进70厘米厚的底板下边笼里绑扎钢筋,大家双手冻得又红又肿,麻木了,手被钢筋划破,流出了殷红的鲜血。

但是,他们创出了35个人36小时绑扎钢筋80吨的好成绩。

广大职工苦战严冬80多天,污浊的莲花河水终于按照人们的意志改道了。

西站地铁的预埋工程,相当于4个北京地铁一期工程乙型站、三个半西单地铁站。它的结构工程的既定工期是520天,终点时间是1994年6月30日。

有权威人士说:"按国家规定的正常工期标准,西站地铁车站工程至少需要756天,要在520天干完,谁来创造这个奇迹?"

城建集团职工为了尽可能地缩短工期,完成任务,以报答北京市和总公司领导的信任与重托,就像当年在战场上冲锋陷阵一样,他们豁出去了,没日没夜地与时间赛跑,在工地上奋力拼搏。

1994年4月20日凌晨4时,当振捣棒停止了最后的嘶鸣,经历了三天三夜苦战的将士们满身汗迹、一脸灰浆,东一个西一个地躺卧在尚未初凝的地铁车站顶板上睡着了。

756天的任务,他们只用了480天就完成了,比市里下达的紧而又紧的520天整整提前了40天。

城建集团担负的西站地铁车站预埋工程,主要特点是工程一次性用料量大,浇筑一次混凝土,仅水泥的用量最多时达7000吨,至少也要200吨。

每灌注一次混凝土,城建材料供应公司水泥库就要蒙受几十万元的损失。

为了保证混凝土的灌注质量,不管用量有多大,必须保证水泥标号统一,生产厂家统一,其他型号的水泥无法存放。因此每次灌注混凝土,水泥库做准备,要关门不做生意,等于眼睁睁地把钱扔掉。

1993年8月14日中午,郭国俊对混凝土公司副经理、西站混凝土灌注领导小组副指挥郭启富说:"下午13时开始,到明天早上8时,680立方米混凝土一定灌注完,不行早说话。"

郭启富立刻说:"没问题。"

14时,郭国俊又来到了施工现场,他大声喊道:"现场的混凝土灌注怎么还没动手?"他耐着性子又等了半个小时,还不见郭启富的影子,电话四处联系也没找到。

郭国俊再也等不下去了，他"咔嚓"一声把电话筒摔成了两截。

原来，当时灌注混凝土要用的输送泵配管正在另一项工程中急用。

郭启富自作主张："如果把配管撤到西站，这个工地停工，得罪用户，经济上还要受损失，干脆坚持两个小时，把这活先干完。"

17时，郭启富带着配管刚赶到西站。郭国俊当时就发火了："官不官的咱不说，你总得给我老郭一个面子吧！没配管，你中午别表态，我可以作别的安排。你说话不算数，耽误大事，明天早8时前干不完我撤你的职！"

郭启富带着人当天夜里干了一个通宵。

第二天早上8时，郭国俊又来到了施工现场，见680立方米混凝土已经完工清场，他才露出了笑脸。

郭国俊对郭启富说："你们干活多，挨批评也不少，今后一定要吸取教训，外边有活，不管挣多少钱，只要接到西站施工的通知，不准接外边的活。"

后来，这个规矩贯穿了西站工程施工的全过程。

1995年5、6月份，第二战役主攻目标是1.2万平方米的吸音材料珍珠岩的喷涂。

七公司找到了一个施工队，他们要价特别高，而且质量和工期都没保证。七公司一听急了：自己干！

珍珠岩不断落在身上并很快凝固，工人们仿佛穿上了铁甲，走起路来咔咔直响，可是没有一个人叫苦叫脏。

班长齐军亮正发着低烧，3天没进食，大家让他回去看病休息，第二天齐军亮就又出现在了工地上。

9月份是第三战役的最后冲刺，面对的是各种造型灯具的安装、地面各种石材的铺设。

装饰公司接到任务后，他们选派了承担过北京市装饰优秀工程的孟强为项目经理，抽调了能打硬仗、敢抓质量的女将黄海萍为主管工程师，组织了10名管理技术人员组成精干的项目经理部。

我国第一代地铁专家、集团西站工程常务副总指挥郝玺，全国劳模、工程副总指挥胡占一等指挥部的领导，同各施工单位的领导一样，他们不分昼夜，忘我地工作，吃住在现场。

郝玺不顾高龄，对各施工单位的施工方案、进场材料、技术力量严格把关，合理调度，精心组织，工作做到了万无一失。

胡占一从工程的基础施工开始进驻工地，哪里有困难就出现在哪里。综合大厅结构施工紧张的日子，他三天三夜没合眼，冒雨在现场指挥，落下了腰痛病，靠腰上架着钢板支撑行动。但胡占一从不叫苦，从不叫累，以顽强的毅力为西站工程立下了汗马功劳。

城建人为西站工程做出的一切都已融入西站工程宏伟的躯体中，他们永远恪守着"全心全意为人民服务，为祖国的建设甘吃人间苦、奉献永不休"的品质。

建设西客站市政工程

　　1992年初，刚刚成立不久的西站工程建设总指挥部下达了会战北京西站的命令。北京市市政工程总公司承担了市政工程建设的重担。

　　70年代的北京，只有三座立交桥。改革开放之后，北京市政大军纵横驰骋，在京华大地上展开了艰苦卓绝的筑路大战。

　　1984年，北京市市政工程总公司打响了解决进出城难的第一炮，在京城周围铺起了一条又一条放射形干道。接着，又集中人马解决市区交通阻碍，激战18个月首取东厢，再战16个月拿下西厢，随即攻克南厢，转战二环路改造工程，使全长33公里的二环路成为全国第一条没有红绿灯的环城快速路。

　　随后，北京市市政工程总公司又大战东三环，快速建起7座立交桥，而后又进军西北三环改造工程，仅用10个月，就建桥20座，一举使48公里的三环路真正转起来了。

　　北京市市政工程总公司的名声越来越大了，他们创下了"北京速度"，被人们誉为"铁军"。就连来北京的外国专家们也惊叹："很少见到这样的工程以这样快的速度建成！国有企业能有这样的效率，真令人不可思议！"

国务院副总理邹家华挥笔批示：

为国有企业、为社会主义创造了荣誉。

接下西站工程建设任务之后，北京市市政工程总公司进行任务分析，全力部署。

根据西站总指挥部的要求，总公司决定请已经古稀之年、被称为"市政道桥不老松"的局副总工程师郭跃嵩出任西站总指挥部的总工程师。

同时决定成立西站市政工程指挥部，由张连生局长挂帅，上官斯煜副局长负责，郭跃嵩为指挥，负责市政配套工程的组织协调和质量管理等工作。

张连生说："这项工程是百年大计，千年大计，直接关系到北京市市政工程总公司的声誉。我们要组织好精兵强将，靠发扬'团结实干，拼搏奉献，说到做到'的市政精神，为民造福，为子孙后代造福！"

王建明书记强调说："搞好这一工程不仅要出物质成果，还要出人才。党政同心，上下通力，这是我们的战斗力所在！"

局办公会议经过慎重研究，决定由市政二公司来承担西站市政工程建设。

市政二公司拥有一支5000余人的常备部队，在北京下设6个分公司和1个工区。

在多年的实践中，公司培养锻炼了一支力量雄厚的技术、管理队伍，其中有教授级高级工程师和高级工程师、经济师、统计师30余名，有中级职称的技术人员近300名，各类专业管理人员760余人，另外还有一支庞大的施工技术骨干队伍。

1992年春，市政二公司经理袁民音从市政局机关赶回公司，立即召开公司领导办公会议，传达张连生等局领导的指示。

二公司一班人一听说有大工程就来了精神，大家纷纷说："就冲着这是国家的重点工程，就冲着这是北京市市民注目、盼望的工程，我们拼命也要干好！"

还有人说："这是历史给予我们的机遇，也是一次严峻的挑战，我们要抓住这个机遇，珍惜这个机遇，面对这个挑战，给20世纪末的北京留下一个美好记忆。"

袁民音激动地对大家说："我们二公司作为北京市政的代表队，独家承担了这项工程，这是上级对我们的信任，也是我们全体市政人的光荣。"

公司党委书记贾秉志说："西站是首都的大门，是北京最大的交通枢纽。总指挥部常务副总指挥王宗礼指示我们，西站要建成，市政工程必须走在前头。要求我们'市政'先期发挥功能，为主站区建设创造条件；后期要创造优美的环境，实现西站工程的总体目标。我们只有一个选择，在莲花东路打一场'巷战'，以一流的工程奉献给西站。"

1992年初春，市政二公司成立了西站市政工程现场指挥部，丁德中副经理任指挥，张伯元为常务指挥，华克砥、齐殿元为总工程师。

任命二工区主任李军、党总支书记王文顺组织西站项目经理部，具体负责实施莲花桥立交和站前三层隧道战役。同时，任命四工区主任兼支部书记白启源组织站东项目经理部，具体负责实施莲花池东路白云路、北蜂窝立交战役。

1992年深秋，一批又一批头戴红盔的市政建设队伍在钢铁的轰鸣声中，陆续开进了西站工地，打破了莲花池一带的宁静。

市政指挥部根据西站总指挥部的部署及拆迁、资金、工程特点等因素，提出了施工战略：

> 抓住关键部位，以莲花桥立交为突破口，以站前隧道为重点，见缝插针，全线展开。

1993年1月，凛冽的寒风呼啸着，卷起漫天的飞雪，气温下降到零下15摄氏度，雪后的北京显得格外安静，而这时，莲花池立交工地上却是机器轰鸣，热火朝天。

由于拆迁不到位，本来安排的商品混凝土因罐车无法就位而影响了施工进程。机施小队长王万生主动请战，承担了几千立方米混凝土人工搅拌和运输的任务。

机施小队16人排成两班，一天24小时全天候战斗，不下火线。雪天路滑，现场道路坑洼不平，为了防止轮胎打滑，确保行车安全，他们就采取措施，在上下坡和拐弯处铺上草垫子。

队员们全神贯注紧握方向盘，目光盯准前方，突然，一位女司机驾驶的一辆载满混凝土的翻斗车陷进了泥坑，其他车辆的司机们一拥而上，铺草袋垫路，拼全力推车，雪水、冰碴儿、泥浆溅满了全身。

在立交桥区，进行铁路桥侧顶板施工的时候，有930多片钢筋片梁，每片600多公斤，需要在100多米外的地方焊成后，再由钢筋工们一片一片地扛到7米多高的架子上绑扎焊接。

当时是早春二月，寒流袭人，但肩扛片梁的工人们个个都甩掉棉袄，头上冒着热气，在架子上爬上爬下，日夜奋战。

职工郭宝德的爱人患病，电报来了好几封催他回去照顾。他回到家中料理了一下，向爱人讲明情况就火速赶回了北京。

全场职工整整突击了10天，如期完成了500多吨的钢筋绑扎任务。

1993年3月16日，随着"嘟嘟"的指挥哨音，两台吊车旋转着巨臂，将莲花池立交桥6号桥第一片大梁徐徐吊起就位。这是西站立交桥工程中的第一片大梁。

随即，其他各桥吊装大战也相继展开，这标志着西站市政工程取得了突破性的进展。

张连革是莲花池立交桥工程主攻部队221队队长，

他1992年初由计划员提升为队长，那时，公司组织学习邓小平南行讲话，他牢牢记住了这样一句话：

改革，从根本上来说，就是要充分发挥人们的聪明才智，调动人的积极性和创造性，必须靠政策建立新的激励机制。

张连革上任之初，认真分析了大队亏损52万元的原因，采取了"一砍二抓三承包"的措施，当年，他带领的一队不仅弥补了全部亏损，还奇迹般地盈利60万元。

1993年，一队在莲花池立交工程中承担了9座桥梁中的6座桥、2个人行地下通道、6公里地下管线的施工任务。

面对严峻的形势，张连革坚持以施工生产为中心，以提高经济效益为目标，经与支部书记王孟辰研究，从改革分配制度入手，大胆提出改变奖金平均分配的新举措，从而进一步打破了"大锅饭"。

改革激起了人们思想观念的转变，整个立交桥工地上下涌现出你追我赶、大干快上的热潮。

特别是机施小分队，夜班时间不休息，主动承包了8道桥梁伸缩缝的施工，灌注时队员们的手都打起了满掌的泡，倒水泥时烧得钻心地疼痛，但没有一个人叫一声苦。

1994年3月15日，二工区在莲花池立交工地上召开决战动员大会。公司袁民音经理、贾秉志书记、徐中苏副经理和工会主席王学莉到会讲话。

工区主任李军宣布：

> 从现在开始，西站市政一期工程进入决战阶段！

党总支书记王文顺要求全体党团员和干部在决战中要真正发挥先锋模范作用。

袁民音号召全体干部、职工要鼓实劲，用实招，发挥整体优势，搞好劳动竞赛，确保决战目标的全部实现。他大声说：

> 发扬"建桥铁军"的精神，为首都西站建功立业！

7月的北京就像刚揭开锅的大蒸笼，莲花池立交工程进入了总攻阶段。

222队暴长福青年突击队被紧急调往桥区执行道路铺设任务。

前不久，暴长福的爱人分娩，传来电报让他回家，领导也下令让他回去侍候一下坐月子的妻子。可暴长福只在家待了一天，就赶回了工地。

领导责怪暴长福为什么不在家多待两天。暴长福说：

"大家都在为早日建成西站拼命干,我在家哪能待得住啊!再说我也着实惦记着突击队里的工作。"

队员李占军正在准备搬进新居,但他一接到铺路的命令,就断然决定推迟搬家,连预先已经订好的搬家公司的汽车也退掉了。李占军说:"先抢任务后搬家!"

经过二区指战员近两年的努力,莲花池立交桥于1994年8月30日率先建成,这是西站全部建设工程中第一个交付使用的工程项目。

9月20日,经北京市市政管理处检查鉴定,莲花池立交桥正式通过验收。

由北京工程局计划处、施工处和市政工程管理处所属部门组成的验收小组认为:莲花池立交桥现浇钢筋混凝土线形美观,主体工程内涵外观质量都是好的,信得过的。

桥梁所主任工程师杨兴洲等专家对这座桥的质量进行全面检查后表示非常满意,并认为:"此桥可作为今后市政桥梁验收的标准。"

北京市市政工程总公司修建了大量的西站配套工程,从地铁到隧道,从立交到广场,工程规模浩大,结构密集复杂。

北京市市政工程二公司袁民音经理说:"站前北广场是主体广场,在它的西部是团体停车场,可停放100多辆大小客车。在它的东部是公交停车场,有5个站台,8条公共汽车线路,通往市区各处。在它的北部是400米长、30 米宽、面积 1.2 万平方米的艺术广场，将建有大型城市雕塑、喷水池、花坛和绿化带，以衬托西站宏伟壮观的场景。它将成为 20 世纪末首都北京引人注目的现代化景观。"

贾秉志说："如果把西站主站区比作一朵巨大的莲花，市政配套工程就是托起这朵莲花的青枝绿叶。"

徐中苏说："如果把西站交通枢纽比作一颗不停运转的心脏，那么市政工程就是这颗心脏与北京城区紧密相连的动脉血管。"

宣传部副部长焦玉凤以其女性独特的视角，说出她形象的比喻：

如果把西站比作一个亭亭玉立的少女，那么市政工程就是少女颈上的一串金色项链。

建设西客站西长铁路线

1991年,京石高速公路正在紧张的施工中。正在筹划中的北京西站西长线上的"京门第一桥"岗洼特大铁路桥恰恰要横跨高速公路。

西站工程总指挥部考虑到:等一箭双雕高速公路建成再去建造桥,一是要封闭已经开通的高速公路,二是会破坏公路路面,造成不必要的损失。

当时,北京铁路局决定,提前将横跨公路的铁路框构桥和岗洼特大桥的70、71、72号3座桥墩筑起来。

北京铁路工程总公司听到消息后,主动向北京铁路局请战,于是,北京铁路局把这个艰巨任务交给了北京铁路工程总公司。

当时,由于各种原因,时间拖到了8月份,而京石高速在国庆节就要开通,工期仅剩下两个月的时间,而且当时仅有资金120万元,还差200万元没有着落。

总公司领导并没有等待下去,他们一边与北京铁路局一同筹措资金,一边从凉水河工地把北京铁路建筑工程公司一队拉了上去。

为了早日联结起北京西站这个龙头,300多名建设者都发出一个口号:

苦战50天，打一个漂亮仗。

当时，北京铁路建筑工程公司经理王庚禹、党委书记冯巨宝日夜盯在施工现场，与公司班子一道指挥生产，一起解决施工中遇到的难题，一面做好思想政治工作，公司的所有会议都搬到施工现场召开。

总公司在资金很紧张的情况下，仍然为施工现场配置了一个集中搅拌站，积极创造条件，保证按期完工。

施工当时又正好在雨季，地下水、地表水混合成了一片汪洋，他们调来40台潜水泵同时抽水，整个施工过程都是在不间断的排水中进行。

班组之间的界限被打破了，大家24小时连轴转。夜里，有的职工因得实在支撑不下去了，就身裹一片水泥袋子倒在路边打个盹儿，醒来后马上又投入施工中去。整整50天，工地现场没有熄过一次灯。

按照市公路局与铁路局签的合同，3个桥墩必须在10月1日8时完工。

已经到了9月30日，可当时的桥墩脚手架还没有拆除，灌注的桥墩仍然在养生中。

到现场勘察的某公路局长看到这种情况，提出了疑问："到10月1日上午8时，你们的现场能清理完吗？"

一队的干部职工们都清楚：当天晚上20时，桥墩混凝土的养生标准才能达到100%，再到第二天8时，仅仅剩下12小时的清理现场时间了。

晚上，3个桥墩混凝土养生达到标准后，一声令下，工地上立刻掀起了一场拆除模板清理现场的战斗。

200多人，公司所有的车辆、吊车都来了，人拉、车吊、肩扛，整个工地灯火通明，尘土飞扬，马达声隆隆，人影穿梭，号声阵阵，每个人都在紧张地忙碌着。

10月1日8时，现场全部清理完毕。公路局一车运送沥青的汽车正点通过。

公路局的人们无不为之钦佩和感动，他们为此专门向北京铁路局发来了贺电，高度评价了这支施工队伍。

当张百发来到岗洼特大桥视察时，他观看了这3个桥墩后激动地说："可以这么说，北京西站工程的开工，实际上就是从这3个桥墩开始的，你们北京铁路工程总公司为西站的开工打响了第一炮！"

接下来，总公司面对西长线上5座特大桥，开始实施全方位动作。按"项目法"组织施工，总公司成立了以张炳国为经理的项目经理部。另外组织编标小组，一边施工生产，一边参加投标、领取标书、编标、投标、议标，直至签订合同。

1992年9月28日，西长线最大的岗洼特大桥采取临时购地的办法开挖下行线27号、28号两个桥墩基坑，张百发出席开工仪式。

1993年2月，总公司召开领导干部会议，制定"主攻京津，决战衡水，全面实现16项重点工程目标，打好收尾配套"会战安排，提出"四比一创"竞赛要求。确立了两手抓方针，要变压力为动力，化消极因素为积极因素，主动出击，迎难而上，创造条件，组织会战。

工程技术人员为早日拿到图纸，他们穿梭于京津之间，有时为给设计部门提供现场资料，亲自到现场勘察。

负责拆迁的人员主动找地方政府、村委会、搬迁户宣传重点工程的意义，取得对方的理解和支持。

物资部门广泛开辟货源，千方百计保证供应。财务部门也在积极筹措资金。

在铁路局领导的帮助和建设、设计单位的支持配合下，各项工作取得实质性进展。

1993年4月，位于莲花池西路以北、西三环中路以西的岳家楼特大桥，跨海淀、丰台两区，为西长线下行线上的第一座单线特大桥，如今正式开工。

总公司调遣天津铁路工程公司三队来京施工。公司副经理、岳家楼工程项目经理部经理张秉堂却早就已经开始规划"创优"目标。后来，京九铁路引入天津枢纽工程确定，三队不得不回师天津。

1993年9月，石家庄铁路工程公司七队由广宁路开进岳家楼特大桥，320人的施工队由此担负起西长线上岳家楼、丰台路、青塔三座特大桥，永定路、系杆拱两座连续梁和两个框构桥的工程任务。

大家为了特大桥，在施工现场成立了质量攻关小组，制订了"创国优，夺鲁班奖"的规划，建立了队领导、班组、部门"三位一体"的分工把关网络体系。

为了特大桥，干部职工解放思想，大胆革新，充分发挥职工的集体智慧和力量。

1995年春节过后，一直到"九二八"专列开进主站区，只有3个晚上没有加班，平均每天工作都在15个小时左右。干部职工眼睛熬红了，嗓子喊哑了，胡子长了，衣服脏了，但他们全然不顾。

总公司要求40天完成绑扎125吨钢筋、灌注610立方米混凝土的万寿路框构桥，他们用37天就完成了。

1995年8月，4座特大桥仿佛一条条长龙腾跃在西长线上。

1995年7月24日，北京市委书记尉健行、铁道部部长韩杼滨等领导视察北京西站，慰问广大建设者。

尉健行一再表示：

北京市、铁道部要共同努力，确保北京西站年底顺利开通。

韩杼滨表示：

"十一"前专列一定要进站区。

9月1日，北京铁路局局长王纯善主持召开局长办公会议，专题研究北京西站工程。会议决定要千方百计实现西站总指挥部提出的年底开通的总目标，并分为两个阶段实施：一是"十一"前专列开进主站区；二是年底开通，形成 30 对列车能力。

9 月 9 日，西站总指挥部又提出西长线贯通时间提前到 9 月 28 日 15 时。北京铁路总公司再次发出誓言：

> 就是豁出命去，也不能让总指挥部提出的工期目标在我们这里落空！

9 月 4 日上午，就确保"十一"专列开进主站区和年底开通，总公司召开党政联席会议，在统一思想基础上，采取调整部署、现场办公、分配向西站一线倾斜等一系列措施，并及时向参战单位进行通报。

9 月 5 日，总经理刘砚琨、党委书记赵玉清率领指挥组成员徒步平推检查西长线工程，从长阳铺架基地出发，用一天时间沿西长线徒步到万寿路，查看施工情况，并到石家庄工程公司工地现场办公。

9 月 6 日，指挥组领导冒雨检查客运车场至万寿路段工程，到北京铁建公司工地现场办公。

9 月 7 日，指挥组领导冒雨检查北京西站保开通房建工程，到北京房建公司工地现场办公。

…………

时间一晃就过去了，北京铁路总公司的 5000 名建设者，用自己的降龙绝技，把西长线这条"银龙"降伏在京西大地上，并创造了一个又一个奇迹！

施工建设

建设西客站供热厂工程

1992年底,承建北京西站供热厂工程的消息在中建一局传开后,全局上下兴奋而忙碌起来。

中建一局从1973年起就投身北京建设,他们为首都奉献出2个国家鲁班奖、1个亚运会工程特别鲁班奖、16个市级优质奖、13个中建总公司金银奖工程。

由他们施工的中国国际展览中心、中国人民抗日战争纪念馆分别被评为北京80年代十大建筑的第二名和第九名。

随后,他们又将中国国际贸易中心耸立在北京东长安街的延长线上,成为北京市的一个新景观,广受海内外建筑同行的赞誉。

接受北京西站供热厂工程后,中建一局在丰台路60号的局长金德钧的办公室的电话顷刻间响个不停。分布在京城的各下属单位及远在外地的公司、经理部纷纷打来电话,表达他们愿意承接北京西站供热厂工程的迫切愿望。

局领导心里清楚:大家看重的是西站供热厂是中建一局参加会战的代表作,珍惜的是为新中国首都建设的第三个里程碑奉献的机会。

局长办公会作出决定:由一名副局长分工主抓西站

供热厂工程。

局领导根据供热厂工程的具体情况，经过仔细慎重的考虑研究，确定了这个工程施工总战略的指导思想：

> 树立西站建设一盘棋的思想，服从大局需要。困难再大，也必须如期完成，决不能让西站的第一班列车在我们手中误点。
>
> 西站供热厂工程是一场硬仗、一场恶仗，必须做好超前的准备工作。
>
> 西站供热厂工程困难大、工期紧，但标准不能降低，必须拿到市优。要在供热厂工程中打出中建一局的铁军雄风。

为此，局里抽调管理经验丰富、业务能力强的管理人员及技术骨干组成局供热工程经理部，进驻西站供热厂工程现场，担负起对参加施工单位的领导、组织、管理和协调的职能。

局领导经过慎重考虑，决定将西站供热厂工程交由在工业建筑方面经验丰富、业绩突出的中建一局二公司和中建一局安装公司进行施工，两个公司分别抽调精兵强将组成项目经理部。

1993年元旦，中建一局北京西站供热厂工程的施工组织构架基本完成。

当时，多个工号同时开工、交叉作业，使得本来就比较狭小的施工现场变得更为拥挤。

现场中,设备及各种材料之间互相争地,有些建筑材料只能远处存放,现用现进。

人与材料也在争地,高峰期施工人员多达1500多人,而现场去掉工程、材料及竖向道路占地,只能安排下容纳300人的临时建筑。

而且,原来安排在后面的工程与推后的工程同步开工,挤占了安设卷扬机、塔吊等重要设备的位置,也因此增加了施工的难度与劳动强度。

地下工程与地上工程同时开工,地下管网、热力地沟、厂区排水沟等的开挖,时常要阻断厂区的竖向道路。调度不好,就会影响材料进场,影响施工进度。

1993年5月26日,推土机轰鸣着开进了莲花池西侧。

局经理部和二公司经理部没有地方办公,就在拆迁时留下的两间民房里摆上几张办公桌开始办公。

工地没来得及封闭,工人们白天在现场劳作,夜晚就轮班留下来看守工地。

现场一带原本卫生条件就差,这里入夜蚊虫横飞,叮得看守现场的职工脸上、手上都红一块肿一块的。但他们仍然坚守岗位。

1993年6月15日上午8时18分,西站供热厂建设工程正式开工。

7月6日,主抓西站供热厂工程的中建一局副局长王兆持来到工地现场办公,他对局经理部及两个公司项目经理部的负责人说:"西站在北京的位置真正是一号工程,相当于打亚运会工程。安装公司、二公司必须把西站供热厂放在重中之重的位置上。局及两个公司都没有退路。现场要大干,必须打响第一炮。"

局经理部经理曹耀华组织两个公司项目经理部的负责人一起研究,将1993年6月15日至1995年7月1日之间划分成7个时间段,每个阶段确定一个大的阶段目标。然后再将阶段目标划分成一个个小目标,最后将小目标落实到一个个具体的控制点上。

局经理部与分包经理部签订完成各阶段目标的责任状,分包项目经理部与内部各职能部门、班组及外联队伍签订责任状。

通过层层承包,将压力向下传递,目标落到实处。整个工地,纵向到班组、横向到个人,层层分担指标、人人扛指标,责任分明,任务明确。

1993年8月,烟囱施工开始,二公司第三经理部的职工们日夜兼程,烟囱基础从钢筋绑扎到打完混凝土只用了5天时间。高达100米的烟囱,在短短的一个月内矗立起来了。

1994年5月,安装胀管炉时,确定了每人每天必须完成的工作量。在里面操作时,大家连直起身来休息一下都办不到,他们总是坚持在完成规定的工作量后才肯钻出来休息一下。

1994年夏季，安装公司在进行锅炉筑炉施工的时候，计划用18天完成锅炉砌筑任务。为了确保完成任务，他们就在结构立柱上标出18个刻度，每天必须完成一个刻度，上班时间完不成，就加班加点往前赶，坚持完成任务不过夜。

1994年10月底，他们提前半个月实现了两台炉具备向主站房供热条件的目标。在不足17个月的时间里，他们完成了36个月的工作量，打破了北京供热工程建设的历史纪录。

二公司第三经理部承建的土建施工工程，自开工后，每一个分部工程验收都顺利通过，建设单位及监理人员对工程质量十分满意。

来工地参观的美国、澳大利亚等国投资商看过工程后，都跷起大拇指，连说"OK"。

建设西客站电气化工程

1993 年 1 月 19 日，西站工程开工后，西站铁路指挥部的老总们就想到："由谁来承建西站的电气化工程和客运自动化系统？如果说西站是京九线的龙头，那自动化工程则是龙头上的点睛之笔，这点睛之笔交给谁？"

最后，大家同时想到了铁道部电气化工程局第一工程处。当这个提议有人亮出来时，大家都点头通过："选得好，非他莫属！"

子夜时分，在靠近王府井的电气化一处办公楼内，二楼小会议室里依然灯火通明，在座的人一个个精神百倍，都为能拿到西站建设的任务激动不已。

处长主持会议，出席的有副处长、总工程师、总经济师，还有施工、计划、经营、人事等部门的科长。

经过 4 个小时的激烈讨论，大家定下了施工组织的基本框架：一是成立西站指挥部，由一名副处长兼任指挥长；二是做好充分准备，严格施工组织设计；三是各专业的施工人员要择优上岗。

最后，处长总结说："诸位要注意，我们参加西站建设，局领导非常重视，从局长到书记，乃至各处、办的领导，都对此项工程予以关心，要求我们在京门工程中树立电气化局的形象。我们要的是社会效益，经济效益应放在从属地位,全处的一切工作要为西站让路。不许出丝毫纰漏,我们就是要在京门重地创国优、拿金牌。"

从此,施工科长、电化局西站常务副指挥长范陆军一头扎入了施工组织设计的大海中。

电气化工程工地上竖着一幅大标语:

战京门为国民汗洒西客站,
创优质夺金牌勇当电化人。

工程师范陆军白天要忙科里的日常工作,要参加必不可少的协调会、交底会,晚上,他查资料、审图纸。

范陆军还要组织编写《北京西站电气化工程综合性施工组织设计》。这不是一般的写作,而是一个整体作战方略,数据要准确,要求要有依据,安排要合理,布局要严谨,一点都不能错。

这个设计,花费了范陆军及其他工程师近3个月的时间。

总体框架通过后,范陆军又组织科里的专业工程师着手编写了八项"施工管理办法",其中最具特色的就是范陆军本人提出的"工程师负责制"。

在总体设计中,范陆军为质量上台阶,他还提出了"三严""三优"的思路,即严格工序管理、严格标准化作业、严把工序关;优化施工组织、优化施工方案、优化施工工艺。

范陆军家在北京，常常因加班不能回去，爱人患有腰椎间盘及椎管狭窄等病，他也没有时间去照顾。

这一天，爱人打来电话，要住院做手术。范陆军竟没有说一句去医院侍候的话，而是磕磕巴巴地说了一句："住院好，嗯，让人放心。"

实行工程师负责制，年轻的工程师高占奎感到肩上又多了几分负担。他仅用一星期时间就熟悉了图纸，掌握了所管项目的情况。

高占奎明白，对他而言，这不仅是如何指导施工的问题，更重要的是要保进度、保质量。

高占奎理清工作思路之后，找到了工作的焦点：必须着手抓配电所房建。

三天时间，高占奎就摸到了定位点，了解了周围的地质、位置情况，测算了占地面积，并及时与设计进行了联系。

1994年6月9日，在大家的共同努力下，最终在现场敲定了具体位置和征用土地的概算费用。

在具体征用土地的断断续续过程中，高占奎不知说了多少话，作了多少解释，从区到县，从县到乡，从乡到村……他用两个半月的时间总算办完了所有手续。

但是，当时征用的8亩土地上有5个坟头，对农民来说，迁坟是他们的一大忌。俗话说："能拆一座庙，不挖一个坟。"

高占奎找到村长，得知坟主是个哑巴，叫王大海，高占奎又与王大海说不明白，他又找到王大海的一个远房姐姐。

在姐姐的训导下，王大海的疙瘩终于解开了。

25岁的张云杰来到西站工地时，刚刚提为工长，张云杰说："为京门工程流汗，是我的光荣。"

有一天，张云杰发烧，浑身像散了架似的，但他打起精神照常安排工作。

张云杰带病上杆，浑身无力，站在杆子上，北风一吹，开始瑟瑟发抖，脚麻了，手也不听使唤了，虚汗从头上冒了出来。但张云杰一声不吭，硬是坚持着干。本来是一个小时就能干完的活，他却用了两个小时。

张斌干完活回来见张云杰脸色蜡黄，满脸汗珠，就知道不好，问："工长你怎么了？"

张云杰淡淡地说："身体发虚。"

张斌听后拿手往张云杰额头上一试，惊叫起来："工长你发烧了！"说着搂着张云杰直哭："工长，都怨我，我怎么只顾自己不管别人呢。"

张云杰拍拍张斌的肩膀说："都是自己兄弟，谁干不一样。"

《电化风采》刊物中有一首工人的诗，写出了电气化工人的心声：

客站灯火辉煌日，风笛长鸣剪彩时。
龙头点睛我一笔，辛劳何需世人知！

本书主要参考资料

《中国大决策纪实》 黄也平主编 光明日报出版社

《共和国要事珍闻》 郑毅 李冬梅 李梦主编 吉林文史出版社

《再造京门》 张寿岩主编 中国铁道出版社

《神州大动脉》 李瑞明主编 大众文艺出版社

《中国大动脉》 周文斌 刘路沙主编 广西科学技术出版社

《邓小平与中国铁路》 孙连捷著 中共中央党校出版社